お江戸《おえど》怪談《かいだん》時間旅行《じかんりょこう》

楠木誠一郎　亜沙美【絵】

静山社

お江戸怪談時間旅行　もくじ

第一部　屍人《しびと》の島

第二部 屍人《しびと》の都

主な登場人物

等々力《とどろき》陽奈《はるな》

小学六年生。幼《おさな》なじみの朝比奈翔とは、家の方向が同じなので、いつもいっしょに下校している。クラスメイトに冷やかされても気にしない。運動神経《しんけい》がよく、活発な女の子。

朝比奈《あさひな》 翔《しょう》

小学六年生。陽奈の幼なじみ。同い年の陽奈とくらべると、おとなしくてちょっとたよりなくも見えるけど、やさしい性格《せいかく》で、陽奈にとってはいっしょにいると安心できる存在《そんざい》。

植村《うえむら》久子《ひさこ》

東京学術《がくじゅつ》大学理学部化学研究室の助教。研究室では若手《わかて》で下っ端《ぱ》だけど、学者としては准教授《じゅんきょうじゅ》をしのぐほど優秀《ゆうしゅう》な、美人リケジョ。学生のころは陸上部に所属。

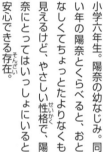

大和田半兵衛《おおわだはんべえ》

一八〇〇年の江戸《えど》に暮《く》らす青年。二十一世紀でいうフリーターで、暇《ひま》さえあれば本を読む日々だったが、現在《げんざい》は、半年前の大火事で行方不明となったお雪という恋人《こいびと》をさがしている。

由井正雷《ゆいしょうらい》

江戸時代の軍学者で楠木《くすのき》流軍学塾張孔堂《ちょうこうどう》の師範《しはん》。一六五一年に幕府《ばくふ》を倒《たお》すために反乱《はんらん》を起こした由井正雪《しょうせつ》の子孫。先祖《せんぞ》の無念をはらすため、江戸幕府の転覆《てんぷく》をねらっている。

信助《しんすけ》

そばの屋台を出していたおじいさんの自慢《じまん》の孫で、五歳《さい》くらいの男の子。そばの産地である「信」濃《しなの》を「助」けるの意味をこめて信助と名づけられた。おじいさんは屍人《しびと》に転化。

第一部

屍人の島

しびとのしま

江戸《えど》にタイムスリップ

なんのにおい!?

わたし——等々力陽奈《とどろきはるな》——は、鼻をうごめかせて、においをかいだ。

ひょっとして、土のにおい!?

最近、あまりかいでいないにおいだ。

あれは、いつだったかな。

いまが小学六年生だから、去年？　一昨年《おととし》？　パパのパパ、つまり、わたしのおじいちゃんが亡《な》くなって、帰省したときだ。パパがおじいちゃんを看取《みと》って、あとで、ママとわたしで駆《か》けつけたのだ。

たいくつな（って言っちゃ悪いけど）お葬式《そうしき》が終わってから、おばあちゃん、パパ、おじさんやおばさんは黒塗《くろぬ》りの霊柩車《れいきゅうしゃ》で、わたしたちはマイクロバスで火葬場《かそうば》に向かった。

おじいちゃんが骨《ほね》と灰《はい》になるのを待っているあいだ、火葬場《かそうば》の敷地《しきち》内にある遊歩道で、同じ年齢《ねんれい》くらいの、いとこの男の子たちと鬼《おに》ごっこをして遊んだ。

鬼になったわたしが、男の子たちを追いかけていたときに転んで、うつぶせになって倒《たお》れたのだ。そのときにかいだ冷たい土のにおいを思い出していた。

あのとき、フォーマルなときに着るために買っておいた黒いジャンパースカートを泥《どろ》だらけにしてしまって、ママにさんざんしかられたのだった……。

物心ついたころから、わたしは近所の男の子たちと遊んでいたけど、後にも先にも転んだのは、あの火葬場だけだ。だって、いつも転ぶのは男の子ばっかりだったんだもの。

でも、これが土のにおいなら……。

……ここは……どこ？

＊

わたしと朝比奈翔《あさひなしょう》くんは、家が同じ方向で、幼《おさな》なじみなので、いつものように、いっしょに下校していた。

「カップルか」とか「デキてんのか」とか冷やかされることもある。翔くんは気にしてるみたいだけど、わたしは、ぜんぜん気にしていない。

翔くんが着てるのは、無地のTシャツにショートパンツ。

いっぽう、わたしは、お気に入りのTシャツに七分丈《たけ》のジーンズ。

歩きながら、とくに、なにかを話すわけじゃない。だまっていても、ぜんぜんOK。いっしょに歩くだけで、どこか安心できる。

そのとき、どこからか女の人の声が聞こえてきた。

――「逃《に》げて！」

はじめは、だれに言っているのかわからなかった。

立ち止まったわたしは、翔くんと顔を見合わせた。

同時に振《ふ》り返った。

すると！

包丁を高くあげた若《わか》い男の人が、わたしと翔くんのほうに向かって走ってきていた。

黒いズボンにランニングシャツ姿《すがた》……。

これって、通り魔《ま》ってやつ⁉

ヤバい……ヤバいよ……。

――「早く逃《に》げて！」

叫《さけ》んでいるのは、四車線の大きめの道路の向こう側に立っている、わたしのママくらいの年齢《ねんれい》の女の人だった。

わたしたちと同じ側には、ほかにおとなの人はだれもいない。いるのは、包丁を持った若《わか》い男の人だけ。

女の人は、わたしたちのほうに来ようとしているけど、横断《おうだん》歩道がなく、道路にはクルマがびゅんびゅん走っている。わたしたちを助けたくても、道路をわたれないでいるかんじ。

わたしは、翔くんと顔を見合わせた。

「ヤバいよ……」

「だね……」

わたしと翔くんは、包丁の男の人からできるだけ離《はな》れるように走りはじめた。

と……。

「あっ！」

間のぬけた声を出したと思ったら、翔くんがわたしの視界《しかい》から消えた。

えっ⁉

立ち止まって、足元を見た。

翔くんが、コンクリートの地面に、うつぶせに転んでいた。

こんなときに……転ばないでよーっ！

「翔くん！　立って！」

わたしは腰《こし》をかがめて、翔くんの黒いランドセルをつかんだ。

ランドセルがするりとぬけた。

通りの向こうにいる女の人のせっぱつまった声がする。

――「逃《に》げて！　早く！　早く！」

わたしは、翔くんの黒いランドセルはそのままにして、翔くんを起こそうと身体《からだ》を曲げた。でも、勢《いきお》いよく身体を曲げたものだからバランスをくずした。

んもう！　じゃま！

わたしは、自分のランドセルもかなぐり捨《す》てて、翔くんの背中《せなか》に手をかけて振《ふ》り返った。

男の人が目の前に立っていた。

視点《してん》の定まらない目で、わたしたちを見下ろしている。

この人、わたしたちを殺そうとしてる！

男の人が、包丁をにぎっている右手を振《ふ》り上げた。

刺《さ》される……殺される……。

わたしの脳裏《のうり》に、明日の新聞記事の見出しが浮《う》かんだ。

――通り魔《ま》あらわる！

――帰宅途中《きたくとちゅう》の小学生、襲《おそ》われる！

――白昼に起きた悲劇《ひげき》！

女の人の悲鳴が響《ひび》く……。

――「きゃああ！　いやあああ！」

女の人の悲鳴が響《ひび》く。

――「きゃああ！　いやあああ！」

わたしは顔をあげた。

となりでは、翔くんがうつぶせに倒《たお》れたまま。

このままじゃ、男の人に刺《さ》されちゃう！

「翔くん！　立って！　ほら！」

わたしは、包丁を振《ふ》り上げている男の人のほうを見ないようにしながら、翔くんをうしろから抱《だ》きかかえるようにした。

「立って、翔くん！」

「う、うん……」

翔くんが立ち上がった。

「走って！」

翔くんの背中《せなか》を押《お》しながら、わたしも走った。

足元は、コンクリートじゃなくて、湿《しめ》った土。

振り返る。

そこには、包丁を振《ふ》り上げた黒いズボンにランニングシャツ姿《すがた》の男の人……。

……じゃなくて……。

……はだけた、渋《しぶ》いオレンジ色っぽい着物に帯を締《し》めた男の人が立っていた。

両手を高く上げている。目は血走っているかんじ。黒目は白濁《はくだく》し、白目は血走っている。そして口を大きく開けている。その口のなかは、粘《ねば》っこそうな唾液《だえき》が糸をひいている。

しかも……くさい！　これまでにかいだことがないくさいにおい！　なにかが腐《くさ》ったようなにおい！

その男の人が、よろよろ、ふらふらと追いかけてくる。

でも走ってない。

歩いてる。

こんな人って……どこかで見たことがある！

走って逃《に》げるわたしと翔くんと、男の人の距離《きょり》は少しずつ広がっていく。

わたしたちのほうに近づいてくる男の人の背後《はいご》では……。

同じ色の着物姿の男の人たちが何十人も、よろよろ、ふらふらと歩いている。

それだけじゃない！

地面にあおむけに倒《たお》れている、同じ色の着物を着た女の人に、たくさんの人が寄《よ》り集まっている。でも女の人を助けているようには見えない。

わたしは翔くんの腕《うで》をつかんで、立ち止まった
「陽奈ちゃん、なに!?」

翔くんがきいてくる。

「あれ、見て」

わたしは、女の人のところに寄り集まっている男の人たちのほうを、あごでさした。

振《ふ》り向いた翔くんが絶句《ぜっく》してから、なんとかってかんじで声をしぼり出す。

「あれって……男の人たちが……女の人を……」

……た、た、食べてる！

これって……これって……これって……。

映画《えいが》や海外ドラマのなかで見たことがある……。

……ゾンビだ！

ゾンビっていうのは、簡単《かんたん》に説明すると、無言で歩きまわる死体。映画やドラマでし

か見たことないんだけど、たいていは、ゾンビに噛《か》まれたり、ゾンビの血が体内に入ったりすると感染《かんせん》。いちど死んでから、ゾンビになってしまう。死んでからゾンビになるまでの時間は、いろいろある……。

「陽奈ちゃん、それにさ……」

翔くんがつぶやく。

「ここ、どこ……」

わたしたちの前に広がっているのは、学校の帰り道の光景じゃない。

細い道の左右には木造《もくぞう》の一階建ての小屋が間隔《かんかく》を置いて連なっている。

建物には屋根瓦《やねがわら》なんかない。板葺《いたぶ》きで、一定間隔で重しの石が置かれてる。

観光地にもなっている京都の「太秦映画《うずまさえいが》村」や「日光江戸《えど》村」などでしか見たことがない。

さっきまで学校の帰り道だったのに……。

わたしたち、夢《ゆめ》を見てる？

わたしは、自分の頬《ほお》をつねってみた。

となりを見ると、翔くんも頬をつねってる。

痛《いた》い。痛いってことは、夢《ゆめ》じゃない……と思う。

両手を広げた男の人は、わたしたちから数メートルのところまで近づいてきていた。

わたしたちは、前を向いた。

「翔くん、走るよ！」

でも……。

腐《くさ》ったようなにおいが襲《おそ》ってきたかと思うと、すぐ目の前に、両手をあげたべつの男の人が立っていた。

口を、かーっ、と開ける。

臭気《しゅうき》が増《ま》す。

襲《おそ》われちゃう！

噛《か》まれちゃう！

食べられちゃう！

いやっ！

ほんとうにこわいと、声は出ないものなのだとわかった。

わたしがしゃがもうとしたときだった、だれかに左手首をつかまれ、ひっぱられた。

「いや！」

こんどは声が出た。

「こっちよ！」

わたしの左手首をつかんでいるのは、ほかの人たちと同じ渋《しぶ》いオレンジ色の着物姿《すがた》の三十歳《さい》くらいの、細面《ほそおもて》できれいな女の人だった。しかも、とても知的に見えた。

翔くんは、同じ色の着物姿の二十五歳くらいのイケメンに手首をつかまれている。

わたしも翔くんも手首をつかまれたまま、引きずられるように走った。

どこをどう走っているのか、さっぱり、わからない。

少しカーブした町並《まちな》みのはしっこの小屋の前まで来た。

女の人が戸をたたく。

ドン、ドンドン、ドンドンドンドン。

なかから声がする。

――「だれだ」

「久子《ひさこ》よ」

「半兵衛《はんべえ》だ」

ふたりが名乗ると、なかで物音がしはじめた。

「久子」と名乗った女の人が小声でせかす。

「早くして！」

――「わかってる！」

戸が開いた。

わたしと翔くんは背中《せなか》を押《お》されて、小屋のなかに入れられた。人ひとり通れるくらいの隙間《すきま》を通らされた。

左側が板壁《いたかべ》で、右側には机《つくえ》みたいなものがたくさん積まれている。

バリケードってやつだ。

うしろから久子さん、「半兵衛」と名乗っていた男の人も入ってきた。

わたしたち四人が入ると、小屋のなかにいる人たちが、すぐに積んでいる机などを動かし、隙間を埋《う》めた。

そして、身体《からだ》の大きな男の人たち数人がすわり、背中でバリケードを支《ささ》える。ここの人たちもみな、同じ渋《しぶ》いオレンジ色の着物を着ている。

足元は広い土間だった。

小屋の隅《すみ》のほうには、たくさんの大工道具が置かれている。

すわりこんでいない人たちのなかのひとり、やせている、白髪《しらが》に白いひげをはやした老人が久子さんと半兵衛さんにきく。

「外は、どうだった」

この小屋のなかでいちばん高齢《こうれい》みたい。長老だ。

半兵衛さんが答える。

「感染《かんせん》したやつらは、われわれが息の根を止めた者たちを食べていました」

長老がため息をつく。

「なんという気色悪いやつらじゃ。——嚙《か》まれたら死に、むっくり起き上がったかと思うたら感染しておって、生きている者をまた襲《おそ》う。しかも、二度目に死んだ仲間を共食いにするとは……」

話を聞いていた、同じ部屋にいる男の人が首をかしげて言った。

「でもよ、嚙まれてから死ぬまで、時がかかる者も、時がかからん者もおったぞ」

半兵衛さんが答える。

「見ていると、嚙まれた傷《きず》が深いと死ぬのが早く、嚙まれた傷が浅いと死ぬのが遅《おそ》いみたいだ」

長老がわたしと翔くんのほうを見て、きいた。

「その子たちは？」

「外にいました」

「この寄場《よせば》に、子供《こども》はいねえはずだ」

「それはそうですが……」

「それに、なんだ、その服は」

そう言いながら、久子さんのほうに目をやる。

すると久子さんが、わたしと翔くんを見て言った。

「こっちにいらっしゃい」

わたしたちが動かないでいると、久子さんが近づいてきた。わたしと翔くんの腕《うで》をつかんで、ひっぱった。小屋の隅《すみ》に連れていき、わたしたちを壁《かべ》ぎわに立たせた。

そして久子さんは、こう言ったのだ。

「あなたたちもタイムスリップしてきちゃったの？」

二十一世紀の科学者

「……タイムスリップ⁉」

わたしと翔《しょう》くんが同時に声をあげると、久子《ひさこ》さんが唇《くちびる》の前に人差し指を立てた。

「しーっ」

タイムスリップぅ⁉

わたしと翔くん、タイムスリップしちゃったの⁉

マジ⁉　マジで⁉

すぐには信じられなかった。

タイムスリップなんて、映画《えいが》やドラマ、小説のなかで起きることだと思っていた。

なのに、リアルで体験できるなんて！

小学生三人組がいろんな時代にタイムスリップして歴史上の有名人と出会い、いっしょに事件《じけん》を解決《かいけつ》。そして二十一世紀に帰っていく「タイムスリップ探偵団《たんていだん》」という小説シリーズを読んでいるときは、「わたしもタイムスリップしてみたい」って思ったことが、なんどもあった。

でも、じっさいにタイムスリップしてみて、わかったことがある。

はっきり言って不安。

久子さんは、少し間をおいてから、小声で自己紹介《じこしょうかい》した。

「わたしは、植村《うえむら》久子。さっき、いっしょにいた人は大和田半兵衛《おおわだはんべえ》さん」

久子さんは、そこで小声になった。

「わたし、二十一世紀からタイムスリップしてきたの。正確《せいかく》には……」

久子さんは、タイムスリップする直前の二十一世紀の西暦《せいれき》と月日を言った。わたしと翔くんがタイムスリップする数日前だった。どちらも秋と冬の中間くらいだ。

いま、目の前に、同じ二十一世紀からタイムスリップした人がいる。それだけで、タイムスリップしてきた不安が少しだけ消えた。とても心強かった。

「あなたたちの名前は？」

「わたしは、等々力陽奈《とどろきはるな》です」

「ぼくは、朝比奈《あさひな》翔です」

すると、うしろにいた半兵衛さんがきいてきた。

「ふたりとも武士《ぶし》の子か」

わたしたちに苗字《みょうじ》があるから、そうきいたのだろう。

久子さんが、半兵衛さんにちょっときつめに言う。

「ちょっと、だまってて」

そして、またわたしたちと向き合い、さらに小声できいてくる。

「何年生?」

わたしが答え、さらに小声で質問《しつもん》をした。

「ふたりとも小学六年生です。――わたしたちがタイムスリップしてきたのは、いつで、ここは、どこなんですか?」

「江戸《えど》時代よ」

「江戸時代の、いつなんですか?」

「寛政《かんせい》十二年よ」

「寛政……寛政の改革《かいかく》……」

わたしが知っている歴史用語をつぶやくと、久子さんがうなずいた。

「その『寛政』よ。寛政十二年は、西暦《せいれき》に直すと一八〇〇年ちょうど。あと七十年近くで明治時代ってところ。ま、江戸時代後期って思えばいいんじゃない？　まだ幕末《ばくまつ》ってかんじじゃない」

わたしは、久子さんにきいた。

「ここは、場所は、どこなんですか？」

「人足寄場《にんそくよせば》だよ」

久子さんのうしろに立っていた半兵衛さんが教えてくれた。

人足寄場は、江戸湾《わん》の佃島《つくだじま》ととなり合って浮《う》かぶ石川島に置かれた、無宿者《むしゅくもの》や軽犯《けいはん》罪者《ざいしゃ》の収容《しゅうよう》施設《しせつ》。

無宿者というのは、江戸時代の人別帳《にんべつちょう》（戸籍《こせき》のようなもの）に名前のない人のこと。貧《まず》しい農家の人や、貧しい町人が、江戸などの都会に出てきてそのまま居《い》ついてしまった人が多かった。

あとで調べてわかったことだけど、人足寄場を発案したのは、火付盗賊改《ひつけとうぞくあらため》の長谷川《はせがわ》平蔵《へいぞう》って人。

え？　長谷川平蔵を知らない？

長谷川平蔵っていうのは実在《じつざい》の人物で、ほとんど知られていなかったけど、池波《いけなみ》正太郎《しょうたろう》という作家さんが小説『鬼平犯科帳《おにへいはんかちょう》』の主役に抜擢《ばってき》して有名になったんだって、おじいちゃんが教えてくれた。

でも長谷川平蔵は、五年前の寛政七年（一七九五）に亡《な》くなってて、寛政十二年（一八〇〇）当時、石川島の人足寄場は江戸町奉行所《えどまちぶぎょうしょ》の管轄《かんかつ》になっていた。

わたしは、久子さんにきいた。

「じゃあ、みんなが着てる渋《しぶ》いオレンジ色の着物は？」

「ここじゃ柿色《かきいろ》って言ってるわね。ここに収容《しゅうよう》されている人たちは、みんな、この獄衣《ごくい》と呼《よ》ばれるユニフォームを着てるの」

へえ、柿色っていうんだ……。

半兵衛さんが、わたしと翔くんにきく。

「君たちも、久子殿《どの》のように未来から来たのか」

えっ！　なんで半兵衛さんが、そんなこと言うんだろう……。

わたしが、返事をしようかどうか迷《まよ》っていると、久子さんが言った。

「わたしが未来人だって知ってるのは半兵衛さんだけ。だから彼《かれ》には話しても平気」

「わたしも翔くんも未来から来ました」

わたしは久子さんにきいた。

「ふたりは、どうやって知り合ったんですか？」

「なら、おれのことから話したほうがよさそうだね」

半兵衛さんが話してくれた。

＊

半兵衛さんは、二十一世紀でいうところのフリーターらしかった。旅館の炊事場《すいじば》でアルバイトをしながら、暇《ひま》さえあれば本ばかり読んでいる暮《く》らしを送っていたらしい。

でも半年前の二月二十三日の浅草《あさくさ》の大火で、お雪という名の恋人《こいびと》と生き別れ、それからは恋人をさがす日々を送っていた。

そんなとき、かつて人足寄場にいたという、浅草の料理屋で働いている女性《じょせい》と話していて言われたという。

――「浅草の大火で焼け出されたっていう、お雪って女がいたよ」

半兵衛さんが似顔絵《にがおえ》を描《か》いてみせると、そっくりだと。

お雪さんは、浅草の大火で焼け出されて、さまよっているうち、無宿者《むしゅくもの》と思われて、よくたしかめもしないまま人足寄場に送られてしまったらしい。

「お雪に会いたい……」

そう思った半兵衛さんは、自分も人足寄場に入ることにした。

いかにも無宿者に見えるよう、汚《きたな》い身なりになり、捕《つか》まりやすいように、町奉行所《まちぶぎょうしょ》の同心《どうしん》（いまの警察官《けいさつかん》）が立ち寄《よ》る自身番《じしんばん》（いまの派出所《はしゅつじょ》）近くのそば屋で客にけんかを売って騒《さわ》いだのだ。

自身番、さらに大番屋《おおばんや》（いまの警察署《しょ》）で取り調べを受けたのち、無宿者として浅草の溜《たまり》（いまの留置所《りゅうちじょ》）に送られたのち、人足寄場に送られた。

人足寄場に送られる船着き場で、半兵衛さんは、こんなうわさを耳にした。

――「町奉行所が、人足寄場の役人と連絡《れんらく》がとれなくなっているらしい」

浅草の溜にいるときは、そんなうわさは聞いていなかった。

そのときは、なぜだろう、くらいに思っていた。だから逃《に》げることもしなかった。

人足寄場にわたれば、生き別れたお雪がいる……。

半兵衛さんの頭には、それしかなかった。

そして人足寄場に一歩足を踏《ふ》み入れた瞬間《しゅんかん》、半兵衛さんは、わが目を疑《うたが》った。

棺桶《かんおけ》から出てきたばかりのような男女が、よろよろ、ふらふらと歩いていたのだ。

呆然《ぼうぜん》としていた半兵衛さんもまた、わたしや翔くんのようにゾンビに襲《おそ》われかけたところを、久子さんに助けられたのだという……。

半兵衛さんの話し方は要点を押《お》さえて、とてもわかりやすかった。学校の先生も授《じゅ》業《ぎょう》で、これくらいわかりやすく教えてくれればいいのに。

「次は、わたしのことを話すわね」

久子さんが説明してくれた。

＊

久子さんは、国立大学の東京学術《がくじゅつ》大学理学部化学研究室の助教。まだ三十歳《さい》前で、研究室では下《した》っ端《ぱ》だけど、学者としては、准教授《じゅんきょうじゅ》や教授をしのぐほど優秀《ゆうしゅう》らしい。

久子さんは、美人のリケジョだったのだ。「リケジョ」とは理系《りけい》女子のこと。

久子さんは、筋肉《きんにく》が弱って歩けなくなった祖母《そぼ》を助けたいと思ったのがきっかけで、アナボリック・ステロイドなどの筋肉増強剤《ぞうきょうざい》よりもはるかに効果《こうか》が速い薬を発明。マウスによる実験にも成功した。

マウスは、回転ケージをいつまでもいつまでも力強く回しつづけ、ケージを壊《こわ》してしまうほどまで筋力が増《ま》したという。

ただ実験の段階《だんかい》で、筋肉増強剤の有効《ゆうこう》時間のデータを取るところまではいかなかったことを、のちに後悔《こうかい》することになる。

学界で発表しようとした久子さんは、教授《きょうじゅ》に止められた。

――「この薬は、ドーピング検査《けんさ》にひっかかるどころのレベルではない。スポーツ選手に投与《とうよ》したらどうなる！　それどころか、兵士に投与したら、その兵士が『兵器』になってしまうくらいのレベルだ！　こんなものを学界で発表させるわけにはいかん！」

久子さんの作った薬は、その使用を「制限《せいげん》する」という意味をこめて、「ＬＩＭＩＴＡＴＩＯＮ《リミテーション》　Ｑ」と呼ばれるようになった。久子さんの名前は「ひさこ」と読むが、通称《つうしょう》が「きゅうこ」だから「Ｑ」とつけられたらしい。

久子さんは、「LIMITATION　Q」の入った瓶《びん》、注射器《ちゅうしゃき》の入ったセットを冷凍庫《れいとうこ》にしまうため、研究室から運びだそうとした。

そのとき、大きな地震《じしん》が発生した。

よろめいて倒《たお》れた瞬間《しゅんかん》、寛政十二年（一八〇〇）夏の人足寄場にタイムスリップしてしまった。

タイムスリップした久子さんは、ここが人足寄場だと知ると、獄衣《ごくい》を盗《ぬす》んだうえで、着ているものを脱《ぬ》ぎ、医師《いし》だと偽《いつわ》ってもぐりこんだ。科学者といっても理解《りかい》してもらえないと思ったからだ。

人足寄場に収容《しゅうよう》された者たちは、町にもどってから働けるよう、大工仕事、左官《さかん》仕事などの職人《しょくにん》仕事を覚える仕組みになっていた。だが、非力《ひりき》な者も多かった。

久子さんは、「LIMITATION　Q」の入った瓶、注射器の入ったセットを、あくまでも「医師の道具」と偽って、着てきた服にくるんで小屋の隅《すみ》に置いていた。

だが、ある日の朝のこと。

久子さんが目を覚ますと、女性の無宿者たちが寝泊《ねと》まりしている小屋のなかで、ひとりの男が暴《あば》れていた。

遠巻《とおま》きにしているほかの女の無宿者のなかから声があがっていた。

――「あんた！　がりがりに痩《や》せていたのに、どうして……」

男は、筋肉隆々《きんにくりゅうりゅう》になっていた。

その瞬間《しゅんかん》、久子さんは悟《さと》った。すぐに荷物を探《さぐ》ると、瓶《びん》のなかの「ＬＩＭＩＴＡＴＩＯＮ　Ｑ」が空っぽになっていた。何人分もの薬を一気に飲んで身体《からだ》のなかに入れてしまったらしい。

すぐに男は、暴《あば》れながら小屋を出ていったかと思うと、突然《とつぜん》動きを止めてから急死した。

「ＬＩＭＩＴＡＴＩＯＮ　Ｑ」は未完成だったのか、男の身体のなかで突然変異《へんい》してしまったらしかった。

ほかの無宿者が、昔の日本ならではの、円筒形《えんとう》の棺桶《かんおけ》を作り、江戸《えど》に送るため、舟《ふね》に乗せようとしたとき、死者が生き返った……。

無宿者たちは、生き返ってよろこんだ。

だが……。

男は、棺桶から出してやろうとした者の腕《うで》に思いっきり噛《か》みついて、むしゃむしゃし

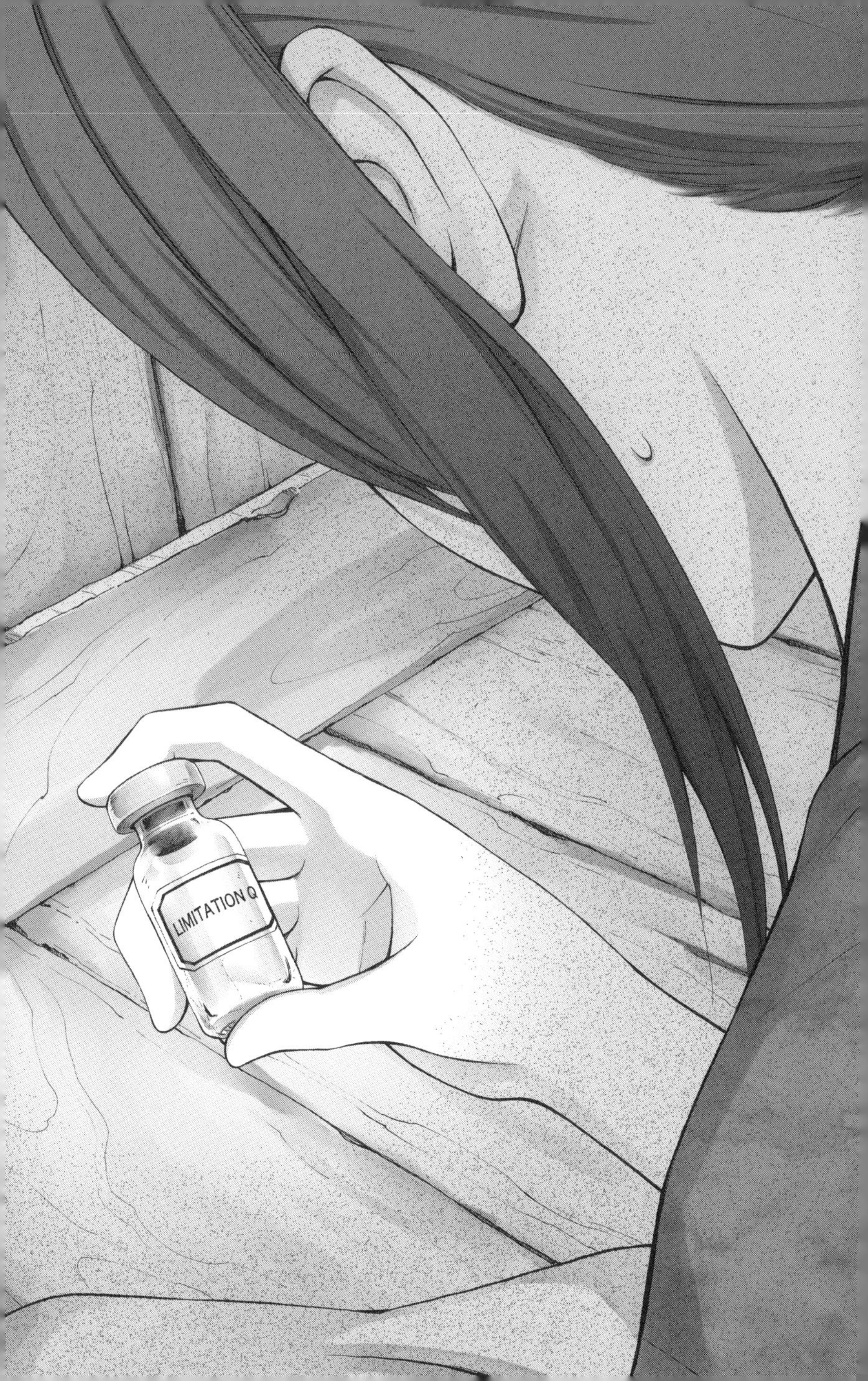
LIMITATION Q

はじめたのだ。

すると、嚙《か》みつかれた者が死んだかと思うと、すぐに生き返り、そばにいる者に嚙みつき……。

ただしくは「生き返る」わけではなく、「死体が動く」わけだけど、そう表現《ひょうげん》するのがいちばんあたっていた。

この連鎖反応《れんさはんのう》のなかで、久子さんにはわかったことがあった。

深く嚙まれれば嚙まれるほど、すぐに死に、すぐに生き返った。逆《ぎゃく》に、浅く嚙まれた者は死ぬのに時間がかかり、生き返るまでの時間も少し長くなった。

人足寄場の人たちは、その者たちのことを、こう呼ぶようになった。

──「屍人《しびと》」。

＊

久子さんが小声で言う。

「あなたたちには『ゾンビ』と言ったほうがわかりやすいかもしれないわね」

半兵衛さんが言う。

「おれが人足寄場にわたってきたのは、屍人の第一号が生まれたその日だったんだ」

わたしは、半兵衛さんにきいた。

「今日は、半兵衛さんが来て、何日目なんですか？」

「人足寄場に来たのは昨日だよ」

わたしも翔くんもおどろいた。

「たった一日で……」

久子さんがつづける。

「そう。たった一日で、この人足寄場は地獄《じごく》になってしまったの。わたしが『LIMITATION Q』を持ちこんでしまったせいで……わたしのせいよ……」

「でも、はじめにゾンビ、ううん、屍人になった人は、久子さんの『LIMITATION Q』を勝手に飲んでしまったんですから……」

「それでも、わたしが二十一世紀から持ちこんだという事実に変わりはないの」

わたしは、話題を変えた。

「ここに、お役人さんはいないんですか？」

「船着き場近くの役所には、役人、医師《いし》、道徳《どうとく》を教える教師、船頭たちもいたはずだけど、きっと、みんな嚙《か》まれて、ゾンビ、いえ、屍人になっていると思う」

わたしは、久子さんにきいた。

「薬を作った久子さんなら、その薬の効果《こうか》をなくす……反対の薬……なんて言いましたっけ？」

「ワクチン？」

「そう、それ。ワクチンを作れるんじゃないですか？」

久子さんが小屋のなかを見わたしながら言う。

「薬品はおろか、道具もないここで、どうやってワクチンを作れって言うの」

「それもそう、ですね……」

半兵衛さんが頭をかかえる。

「死んだ者の肉体が動くなど、この現世《げんせ》では信じられんし、あってはならぬこと……」

すぐに久子さんが言う。

「そんなまじめなことを言ってる場合じゃないでしょ。半兵衛さん、あなた、この人足寄場に、お雪さんをさがしに来たんでしょ？」

半兵衛さんが、こくりとうなずく。

「そうだよ。そうだ……」

わたしは半兵衛さんにきいた。

「この小屋は?」

「屍人に噛《か》まれないですんでいる無宿者たちが隠《かく》れているところだ。だから室内にあった机《つくえ》などを入り口に積んでいる」

「噛まれていない人たちが隠れているのは、この小屋だけなんですか?」

「この人足寄場の造《つく》りはね……」

久子さんが説明してくれたところによれば、人足寄場の構造《こうぞう》はこうなっているらしい。


東辺=大きな作業小屋につづく道。

北辺=無宿者たちの寝泊《ねと》まりする小屋。

南辺=小さな作業小屋や風呂《ふろ》小屋。

中央右=見張《みは》り番所や炊事場《すいじば》。

中央左＝役所。

役所の裏手《うらて》に女性《じょせい》の無宿者たちの専用ブロック。寝泊《ねと》まりする小屋、作業小屋、風呂《ふろ》小屋などが固まっている。

西辺＝船着き場。


「つまり、女の無宿者たちがいるのは役所と船着き場のあいだ」

半兵衛さんが言う。

「じゃあ、そこに行けば、さがしているお雪さんがいるかもしれないんですよね」

半兵衛さんが首を横に振《ふ》る。

「君たちも、おもての様子をその目で見ただろう。屍人たちが歩きまわるなかを、どうやって歩いていくというんだ」

ずっとだまっていた翔くんが、はっと顔をあげた。

そして小屋の天井《てんじょう》を見上げながら言う。

「屋根伝いに行けばいいんじゃないんですか？」

＊

半兵衛が人足寄場に来た日の夜──。

江戸、神田連雀町《かんだれんじゃくちょう》の長屋。玄関《げんかん》の戸の脇《わき》に「楠木流軍学塾《くすのきりゅうぐんがくじゅく》　張孔堂《ちょうこうどう》　由井正雷《ゆいしょうらい》」と書かれた表札がかけられている。

その家では、行灯《あんどん》の明かりが揺《ゆ》れるなかで、ひとりの初老の男が、若い町奉行所与力《まちぶぎょうしょよりき》から報告《ほうこく》を受けていた。

初老の男は、髷《まげ》を結《ゆ》っていない、長い総髪《そうはつ》で、灰色《はいいろ》の着物に、黒い羽織姿《はおりすがた》。

報告をしている与力は、総髪の男を「先生」と呼《よ》んでいた。

「なに!?　人足寄場で、死人が歩いているだと?」

「はい。それも何十人も、です」

「そなた、見たのか」

「はい。こっそり船を出させて、この目で。死人が、生きている者を噛《か》み、噛まれた者は死んだのち、まるで生き返ったように動きはじめておりました」

「死んでも動き、人を襲《おそ》う……」

「いかにも」

総髪《そうはつ》の男は、腕組《うでぐ》みをして少し考えたのちにきいた。

「兵として使えそうか」

「手なずけることができれば」

「ふむ。わが兵学の祖《そ》、楠木正成《くすのきまさしげ》公も、思いもつかぬ軍略《ぐんりゃく》であろうな」

「ですが……」

「なんじゃ」

「明日、町奉行《まちぶぎょう》は、人足寄場を焼き払《はら》うつもりのようです」

「根岸肥前守《ねぎしひぜんのかみ》鎮衛《やすもり》がか……」

「はい」

「焼き払う部隊に、おぬし、息のかかった者をもぐりこませよ」

「はい」

「わが先祖《せんぞ》、由井正雪《しょうせつ》も、わしのように数千人の弟子を抱《かか》えており、ほとんどは浪人《ろうにん》だった。だが、口の軽い者、裏切《うらぎ》り者などが出て、幕府《ばくふ》を倒《たお》すことはできなかった」

「いまなら、だいじょうぶです。先生の弟子、『張孔堂《ちょうこうどう》』に通う者に、さような者はおりませぬ。塾《じゅく》の名の由来である張良《ちょうりょう》、諸葛孔明《しょかつこうめい》、ふたりの先生、そして由井正雪先生の名を汚《けが》す者はおりません」

「たのもしいぞ。こういうときのために、町奉行所《まちぶぎょうしょ》などの与力《よりき》、同心《どうしん》たちを、わが弟子にしてきた甲斐《かい》があったというもの。ふふふ」

行灯《あんどん》のなかの火が揺《ゆ》れ、ちりっと音を立てた。

弟子の与力がきく。

「先生、これからいかがすれば」

「部隊が船で着いたところで、わしの弟子以外の者を、その死人たちに襲《おそ》わせ、死人たちを兵力にしてしまえばよいのだ。だが、おまえたちは襲われてはならん。死人たちを手なずけなければならないのだからな」

「御意《ぎょい》」

頭を下げた与力の頭のつるつるとした月代《さかやき》を見下ろしながら、正雪は、また「ふふふ」と不気味に笑った。

恋人《こいびと》を救え

ドン！　ドンドン！

屍人《しびと》に噛《か》まれていない無宿者《むしゆくもの》の男性《だんせい》たちが立てこもっている小屋の戸が打ち鳴らされる。

「屍人だ。みなで押《お》さえろ」

長老の指示《しじ》で、男の人たちがバリケードを支《ささ》えはじめた。

さらに長老が言った。

「半兵衛《はんべえ》、さがしている女子《おなご》を助けたいのなら、いまのうちだ、早く行け。ここは、わたしたちがなんとかする」

大和田《おおわだ》半兵衛さんと男の人たち数人で、屋根の一部を鋸《のこぎり》で切りはじめた。

鋸の音が響《ひび》くと、戸をたたいている音がいったんやみ、さらに大きくなった。

長老が言う。

「屍人のやつら、音に敏《さと》いのやもしれん。できるだけ音を立てずに鋸《のこぎり》を引け」

少し時間がかかったけど、屋根の一部を切り落とし、はしごを立てかけた。

半兵衛さんが右手に斧《おの》をつかむ。

斧は、接近戦《せっきんせん》で屍人を倒《たお》すための武器《ぶき》だ。

久子さん、わたし、翔《しょう》くんには、刺又《さすまた》がわたされた。

刺又というのは、捕《と》り物《もの》道具のひとつ。U字形の鉄金具に、二メートルくらいの木製《もくせい》の柄《え》がついたもの。町奉行所《まちぶぎょうしょ》の下《した》っ端《ぱ》役人が刺又を持ち、金具で相手ののど・腕《うで》などを塀《へい》や地面に押《お》しつけて捕《と》らえるための道具だと、半兵衛さんが教えてくれた。

もちろん刺又は、屍人を近づけさせないための防具《ぼうぐ》にもなる。

「わたしたちも武器が欲《ほ》しい」

わたしが言うと、半兵衛さんが首を横に振《ふ》った。

「女や子供に武器を持たせるわけにはいかない。おまえたちのことは、おれが守る」

半兵衛さんは、屋内にあった幅《はば》二十センチくらいの長い板を一枚《まい》、かついでいる。

長老が号令をかける。

「さあ、行け」

半兵衛さん、わたし、翔くん、最後に植村久子《うえむらひさこ》さんの順で屋根に上がった。

わが目を疑《うたが》った。

屋根の上から見た人足寄場は、まるでゾンビ映画《えいが》のワンシーンのようだった。

屍人が、よろよろ、ふらふらと歩きまわっている。

わたしたちがいる屋根の小屋のそばから声が聞こえてきた。

――「これでも食らえ！」

頭を割《わ》られてあおむけに倒《たお》れた屍人に、ほかの屍人たちが群《むら》がって、むしゃぶりつきはじめた。

腹を空かせた屍人たちの食料は、「死んだ」仲間らしい。つまり共食いをしているのだ。

わたしは、思わず視線《しせん》をそらせた。

半兵衛さんが、わたしたちに言う。

「もし、こわいなら、ついてこなくていい。小屋にもどれ」

「行きます！」

「ぼくも」

わたしにつづいて、翔くんもうなずく。

「では、行くぞ」

目の前には、板葺《いたぶ》き屋根の小屋の棟《むね》がつづいている。

屋根と屋根のあいだに長い板をわたして、小屋から小屋へとわたるのだ。

役所の手前まで行ったら、いちど屋根から降《お》りて、地面を行かないといけない。

わたしたちは、山でいうと尾根《おね》にあたる、屋根の「大棟《おおむね》」と呼《よ》ばれる部分をまたぐように立って、そろそろと歩いていく。

先頭を歩く半兵衛さんが、わたしたちに注意する。

「大きな声を出すな、大きな音を立てるな。屍人たちは音に敏《さと》い」

それは、さっき、わかったことだ。

わたしと翔くんはスニーカーで、底がゴムだからすべりにくいけど、半兵衛さんと久子さんは粗末《そまつ》な草鞋《わらじ》しかはいていないから、すべりやすそうだ。だからすべらないように、足の指を曲げて力を入れているのがわかる。

わたしたちが隠《かく》れていた小屋の上を、そろそろと進む。すぐとなりの小屋が見えてくる。

半兵衛さんは、屋根の大棟《おおむね》に板をわたした。橋にするわけだ。

小屋の大棟は平たいから、板自体はぐらつかないけど、幅《はば》二十センチくらいの板の上を一メートルくらいわたらないといけない。

「久子殿《どの》、板を押《お》さえてくれ」

「わかりました」

久子さんが押さえた板の上を、まず右手に斧《おの》をにぎった半兵衛さんが、とても、すんなりとわたる。

そして、となりの小屋にわたした板の端《はし》に立ちながら、こちらに手をのばす。

「翔、陽奈《はるな》、来い」

すると翔くんが言う。

「陽奈ちゃん、先にわたっていいよ」

「こわいの?」

「こ、こわくないよ。れ、レディーファースト」

震《ふる》える声をおさえようとしているのが、わかる。

同級生なんだけど、ちょっと幼《おさな》く見えるので、なんとなく弟と話してるような気になる。いっしょにいると、なんとなく安心するのは、男の子だから？　弟みたいだから？なのかな？

「じゃあ、先に行くね。見ててね」

わたしは、学校の体育の授業《じゅぎょう》でやる平均台《へいきんだい》を思い出していた。あれより、少しだけ高さがあるだけ。だいいち、平均台より幅《はば》がある。それに向こうには半兵衛さんがいて、手をのばしてくれている。

こういうときは……。

久子さんが押《お》さえている板のうえに、わたしはまっすぐに立った。

サーカスのピエロを思い出す。

そうだ！

わたしは刺又《さすまた》を両手で水平に捧《ささ》げるように持って、板の上に立った。

あたりには、なんともいえない臭気《しゅうき》がただよっている。屍人たちの息や肉体から放たれているものだ。

小屋と小屋のあいだの路地にまで屍人が入りこんでいるにちがいない。

わたしは、あえて下を見ず、手をのばしている半兵衛さんのほうを見た。

じっさいは近いのに、一メートルくらいの距離《きょり》が長く感じる。

わたしは息を吐《は》いた。

だいじょうぶ。

自分に言い聞かす。

正面を見て、まっすぐ右足をのばした。

さらに左足、もういちど右足をのばしたとき、半兵衛さんの右手がのびてきて、刺又《さすまた》を持ったわたしの手をつかんで、ひっぱってくれた。

わたしは、半兵衛さんに抱《だ》きかかえられるようにわたりきった。

半兵衛さんのうしろに立った。

「次、翔、来い！」

半兵衛さんが右手をのばす。

でも翔くんは動けないでいる。

久子さんが、翔くんの背中《せなか》をたたく。

「できるわよ！　がんばって！」

「は、はい……」

板にかけた翔くんの右足ががくがく震《ふる》えているのがわかる。

半兵衛さんが叫《さけ》ぶ。

「男だろ、しっかりしろ！」

「は、はい……」

翔くんは、わたしがそうしたように刺又《さすまた》を捧《ささ》げるように両手で持った。

右足につづいて、左足も板に乗せたけど、前に進み出せないでいる。

「だいじょうぶだ、来い」

翔くんが緊張《きんちょう》した面持《おもも》ちで、視線《しせん》を下げる。

「下を見るな！」

半兵衛さんが言ったけど、遅《おそ》かった。

「屍人が、い、いる……」

小屋と小屋のあいだにいる屍人を見ちゃったのだ。

「わ、わたれないよ」

「早く来ないと、その小屋を屍人が襲《おそ》うぞ。襲われれば、はしごで屋根に上がってくる

かもしれないぞ」

「い、い、イヤだ！」

半兵衛さんにおどされて、翔くんはやっと覚悟《かくご》ができたみたい。

右足をほんの少し前へ。

次に、左足をほんの少し前へ。

でも、半兵衛さんとわたしのほうから見たら、ほとんど進んでいるように見えない。

すると、久子さんが声を出した。

「ほら、早く！　がんばって」

久子さんが、翔くんの背中《せなか》を軽くたたいた。

刺又《さすまた》を捧《ささ》げ持った翔くんの身体《からだ》が、ととと、と前に出た。

ちょうど、ふたつの小屋の中間あたり。

翔くんの身体がふらつくのと、半兵衛さんの右手がのびるのが同時だった。

半兵衛さんが翔くんの腕《うで》をつかんで引く。

翔くんの右足がこちらの小屋の屋根にかかる。でも左足が板を蹴《け》り……。

「あっ……」

久子さんがよろめき、板が浮《う》いたと思ったら……。

板が、小屋と小屋のあいだに吸《す》いこまれるように落ちていった。

半兵衛さんが引き寄《よ》せた翔くんを、さらにわたしが引き取った。

小屋と小屋のあいだをわたる橋の役目を果たすはずの板がなくなってしまったのだ。

久子さんが、元いた小屋の屋根のうえに取り残された。

久子さんが刺又《さすまた》をのばす。

「受け取って！」

半兵衛さんが受け取った。

さらに久子さんが叫《さけ》ぶ。

「そこをどいて！　退《さ》がって！」

大棟《おおむね》のうえにいる、わたし、翔くん、半兵衛さんの順で移動《いどう》しはじめたところで、久子さんが助走をつけてから跳《と》んだ。

空中で、自転車をこぐように両足を回転させる。

こちらの小屋の大棟に見事着地した。

半兵衛さんが吐《は》き出すように言う。

「す、すごい……」

わたしは久子さんに拍手《はくしゅ》を送った。

「すごいです！」

「学生のころ陸上部だったから。これくらいなら走り幅跳《はばと》びの要領《ようりょう》で跳べるかなと思って」

久子さんに刺又《さすまた》を返しながら、半兵衛さんが言う。

「この次の建物にも跳ぶつもりなの、か」

「もちろん」

「おれたちも、か……」

「おとなならできるわよ。陽奈ちゃんもできそうだけど……」

久子さんが、翔くんのほうを見る。

「……跳べる？」

翔くんが首を横に振《ふ》る。

そのときだった。

ドン！

地響《じひび》きがした。

「地震《じしん》!?」

わたしがつぶやきながら、腰《こし》をかがめると、半兵衛さんが言った。

「ちがう！　屍人が、さっきの板で小屋をたたいているのだ！　それにしても、すごい力だ」

久子さんがうなずく。

『LIMITATION《リミテーション》　Q』の効果《こうか》がそのままつづいているみたい。ううん、屍人になったあと、もっと強くなってるかもしれないわ」

わたしは、半兵衛さんに言った。

「板でたたいてるって……屍人って、死人なのに道具を使えるんですか？」

「じっさいに使っているところを見ると、生き返った、というか、動きだしたとき、生前にしていたことを多少なりとも覚えているのかもしれん」

そんなっ……。

ドン！

「きゃっ！」

久子さんが視界《しかい》から消えた。

うつぶせの姿勢《しせい》になった久子さんが、屋根の大棟《おおむね》からすべり落ちかけていた。板葺《いたぶ》きの上に置かれている石に片足《かたあし》がひっかかっているけど、いつ石もろともすべり落ちるかわからない。

「久子さん！」

叫《さけ》んだ翔くんが、左手で刺又《さすまた》をにぎったまま、久子さんのほうへ右手をのばす。久子さんの左手をつかむ。

その拍子《ひょうし》に、翔くんの身体《からだ》もすべった。

「うわっ！」

わたしは刺又を手から放して、うつぶせになったまま両手をのばした。

右手で翔くんの左手首、左手で久子さんの左手首をつかむ。ふたりのもうひとつの手には刺又がにぎられたままになっている。

わたしの両足は、大棟になんとかひっかかっているだけ。その足が、ぷるぷる震《ふる》えている。

「刺又は、おれが持っているからな！」

「は、半兵衛さん、そんなことより、わたしの足をつかまえてください！」

頭上から、半兵衛さんの声が聞こえてくる。

「いま、助ける！　ふたりの手を放すな！」

「はいっ！　でも……」

屋根のすぐ下では、屍人たちが両手をのばしながら、わたしがいる小屋に近づいてくる。

屍人たちが小屋にぶつかりはじめる。

さっきよりも激《はげ》しく、小屋全体が揺《ゆ》れた。

「うわっ！」

建物が揺れた反動で、わたしの両足が浮《う》いた。

と思った瞬間《しゅんかん》、つないでいた手から、翔くんと久子さんの手が離《はな》れ、うつぶせになったわたしの身体《からだ》も屋根のうえをすべりはじめた。

わたしが手をにぎっている翔くん、久子さんの身体も屋根の上をすべる。

板葺《いたぶ》きを押《お》さえている石も転げ落ちていく。

半兵衛さんの声が聞こえる。

「刺又《さすまた》を振《ふ》り回せ！」

このときは、その意味がよくわからなかった。

屍人たちとの距離《きょり》が近づいてくる。

翔くん、久子さんにつづいて、わたしも屋根から落ちていった。

視界《しかい》いっぱいに屍人たちの姿《すがた》が映《うつ》った。

地面に落ちた。

びっくりしたのか、屍人たちがあとずさる。

死人なのに、生きているときの記憶《きおく》がかすかに残っているから、こんな動きをするのかもしれない。

あらためてわたしたちに気づいた屍人たちが襲《おそ》いかかってこようとしたところで、また半兵衛さんの声が響《ひび》いた。

「刺又を振り回せ！」

落ちたあと、上体をあげた翔くんと久子さんが、わたしをはさむように立って、刺又を振り回した。

多くの者は刺又の動きに驚《おどろ》いてたじろいだけど、なかには強引《ごういん》に襲ってこようとする屍人もいた。

その屍人は、刺又《さすまた》の動きの隙間《すきま》を縫《ぬ》って、久子さんに襲《おそ》いかかる。

大口を開けて、久子さんに噛《か》みつこうとする。

臭気《しゅうき》がすごい。

でも屍人は動きを止めたかと思うと、久子さんの存在《そんざい》などなかったかのように顔の向きを変えた。

どうして……？

屍人は、こんどは、反対側にいる翔くんに襲いかかっていった。

あぶない！

「翔くん、刺又！」

でも翔くんは恐怖《きょうふ》のあまり動けないでいる。

わたしは、翔くんが持ったままの刺又をつかんで、押《お》した。

翔くんの目の前までせまっていた屍人の腹《はら》のあたりに刺又があたって退《さ》がらせることができた。

そのまま刺又を押しつづけた。

でも、すぐ両脇《りょうわき》から屍人が、翔くんとわたしのほうに襲《おそ》いかかってきた。

翔くんとわたしで刺又《さすまた》は一本。

このままじゃ、どちらも襲われ、嚙《か》まれ、食べられてしまう！

わたしが目をつぶりかけたときだった。

なにか風がうなる音がしたかと思うと、わたしの目の前までせまっていた屍人が横倒《よこだお》しになって倒れた。

わたしと翔くんの頭上をなにかが通過《つうか》した。

刺又だった。

「だいじょうぶか！」

半兵衛さんの声がした。

半兵衛さんが屋根の上から降《お》りてきて、わたしが手放した刺又で屍人を倒してくれたのだ。

「陽奈、おまえの刺又だ。持っていろ」

「はい！」

「三人で刺又を振《ふ》り回しながらひとまず役所まで走れ！」

半兵衛さんはそう言うと、右手ににぎった斧《おの》を振《ふ》り回しながら、走りはじめた。

つづいて翔くん、わたし、久子さんの順で、刺又《さすまた》を振り回しながら走った。

走りながら、襲《おそ》いかかってくる屍人に、半兵衛さんが反撃《はんげき》する。

屍人たちは――。

いくら反撃されても攻撃《こうげき》をやめない。

足を攻撃されても姿勢《しせい》をくずすだけ。

たとえ足が動かなくなっても腕《うで》だけで這《は》ってくる。

半兵衛さんが叫《さけ》ぶ。

「こいつら、死なないぞ!」

すでに死んでいるから、「死なない」わけではないけど、半兵衛さんの言いたいことはわかる。

半兵衛さんの正面から屍人が襲ってくる。

わたしは、さっき小屋のうえから見た光景を思い出していた。

屍人は頭をやられたら、二度目の死を迎《むか》えていた。

「半兵衛さん!　頭です!　頭をねらってください!」

「くそっ！」

半兵衛さんが、屍人の頭を攻撃《こうげき》した。

屍人は、まるで電池が切れたおもちゃのように、ばったりと倒《たお》れ、動かなくなった。

半兵衛さんが振《ふ》り返って叫《さけ》ぶ。

「急げ！　もうすぐ役所前だ！」

でも……。

斧《おの》を振り回している半兵衛さんの前には、たくさんの屍人がいる。

もちろん、翔くん、わたし、最後尾《さいこうび》の久子さんの周囲にも屍人が集まってきている。

翔くん、わたし、久子さんは、刺又《さすまた》を振り回しながら、走りつづけた。

刺又を速く回せば回すほど、屍人たちは襲《おそ》ってくるのをためらうか、いちど退《さ》がる。

屍人たちの記憶《きおく》のどこかに、かすかに恐怖《きょうふ》というものが残っているのだろう。

だから、わたしたちは走ることができているのだ。

半兵衛さんが、役所横の塀《へい》のあいだの木戸から、役所の裏手《うらて》に入っていく。役所の裏は、女性《じょせい》の無宿者たちがいるブロックになっているのだ。

ブロック内にも、すでに屍人たちが入りこんでいる。

わたしは、その屍人たちと戦っている半兵衛さんに大きな声できいた。

「お雪さんは、どこにいるんですか！」

「わからん！」

「どうやってさがすんですか！」

半兵衛さんは返事をしないで、斧《おの》を振《ふ》り回しつづけ、このブロック内にいる屍人たちをひととおり倒《たお》した。

すごい！

半兵衛さんが叫《さけ》ぶ。

「お雪、どこだ！」

返事がない。

「お雪、どこにいる！」

どこからか、小さな声が聞こえてきた。

――「だれ？」

女の人の細い声。

――「ダメ、声を出しちゃ」

こんどは、がらがら声の女の人。
半兵衛さんがつづける。
「お雪、半兵衛だ！」
――「ここよ！」
こんどは、細い声がはっきりと聞こえた。
半兵衛さんが立ち止まる。
そこは風呂《ふろ》小屋だった。

命の選択《せんたく》

風呂《ふろ》小屋のなかから声が聞こえてくる。

――「屍人《しびと》は？」

半兵衛《はんべえ》さんが叫《さけ》ぶ。

「ここにいた連中はぜんぶ倒《たお》した。だが、すぐに来る。開けてくれ。入れてくれ」

なかで、少し話し声がしたあと、ゴトゴトと音がして、戸が開いた。

人ひとりが通るくらいだけ開く。

顔を出した女性《じょせい》は、半兵衛さんの知らない人のようだった。

――「ぜんぶで何人？」

がらがら声だ。

「おとなの男ひとり、女ひとり。男の子ひとり、女の子ひとり」

「噛《か》まれてるかい？」

「だれも噛まれていない」

「ほんとうだね？」

「ウソはついていない。信じてくれ」

「早く入んな」

わたしのすぐうしろで久子《ひさこ》さんが言う。

「早くして！　屍人たちが……」

振《ふ》り返ると、役所と、女性《じょせい》たちがいるブロックをつなぐ木戸を破《やぶ》って、屍人たちが入ってこようとしていた。

半兵衛さん、翔《しょう》くん、わたし、久子さんの順で、風呂《ふろ》小屋に入った。

風呂小屋のなかには、直径が三メートルくらいありそうな大きな木の桶《おけ》があるだけ。

もちろん、なかにいる女性たちは裸《はだか》じゃない。おそろいの、柿色《かきいろ》という色の獄衣《ごくい》を着ている。

何十人いるんだろう……。

わたしたちが入ると、生き残った男性《だんせい》たちがいた小屋のようにバリケードを築《きず》いていた。それだけじゃない。台風の風を防《ふせ》ぐように、窓《まど》という窓には板が釘《くぎ》で打ちつけられている。

風呂《ふろ》小屋のなかに隠《かく》れている女性《じょせい》たちは、だれかを囲んでいるようにすわっていた。

囲んでいる女性たちの中央に、一組の母子がいた。

母子——ひとりの清楚《せいそ》なかんじの女性が生まれたばかりのような赤ちゃんを抱《だ》いている。その赤ちゃんもまた柿色《かきいろ》の着物を着せられている。おとなものの着物を縫《ぬ》い直したのだろう。

半兵衛さんが、その母親のほうに向かって歩いていく。

「お雪……」

「お雪」と呼ばれた女性が、左手で赤ちゃんを抱いたまま、かがんだ半兵衛さんの首に右手でしがみつこうとする。

でも、半兵衛さんに触《ふ》れる直前で、ほかの女性たちによって引きはがされた。

半兵衛さんが呆然《ぼうぜん》とする。

「なぜだ」

風呂小屋に入れてくれた女の人が立ったまま言った。この人が、がらがら声の主だ。

「あんた、お雪さんのいい人、いや、この赤《あか》ん坊《ぼう》の父親かい？」

半兵衛さんが少し困《こま》った顔をする。

「お雪が身ごもっていることは知らなかった」

「そうだろうね。お雪さんは、この人足寄場《にんそくよせば》に来てから、お腹《なか》に子がいることに気づいたんだから」

「名前は……」

「わたしは、お船《せん》……ああ、この子の名前かい」

「お珠《たま》。お雪さんが命名したんだよ。ただね……」

「なんだ……」

「お雪の顔を見てごらんよ」

たったいままで、半兵衛さんを見て抱《だ》きつこうとしていたのに、いまは、気を失ったように頭をがくんと垂《た》れている。

「お雪、どうした。眠《ねむ》いのか……」

半兵衛さんが話しかけると、お雪さんは、はっと顔を上げた。

でも……。

見開かれた黒目は白く濁《にご》り、白目は赤くなりはじめている。

これは……。

お雪さんに触《ふ》れかけた半兵衛さんの動きが止まったそのとき——。

お雪さんが歯をむきだして、噛《か》みつこうとする。

そのお雪さんの腕《うで》をつかんでいる女の人たちのなかのひとりが、木製《もくせい》の洗面器《せんめんき》を振《ふ》り上げた。お雪さんの頭をたたく。

殺したわけじゃない。

なぐって気絶《きぜつ》させたかんじ。

「な、なにをする！」

半兵衛さんが言うと、お船さんが、おねえさんずわりをしているお雪さんの着物の裾《すそ》をあげ、左足首を見せてくれた。

大きな歯形がついていた。

「この風呂《ふろ》小屋に隠《かく》れようとしたときに転んでね、屍人のひとりに噛まれてしまったんだよ」

「なんだと……」

お船さんがつづける。

「軽く噛《か》まれただけだから、まだ死なないし、すぐ屍人になってしまうことはないと思う。でも、いずれ、屍人になる」

「赤《あか》ん坊《ぼう》は……」

「だいじょうぶなようだけどね」

「せっかく会えたのだ。おれは、ここからお雪を助けだす」

すぐに、お船さんが首を横に振《ふ》った。

「ダメだよ！　すぐに殺さなきゃ！」

「なんだとっ!?　お雪を殺す……だと……」

「そうだよ！　深く噛まれたわけじゃないから、これまで命を保《たも》ってきたのかもしれないけど、いつ屍人になって、ほかの人たちを襲《おそ》うかわからないんだよ！　もし、そうなったら、噛まれた人も屍人になり、また、ほかの人を襲う！　鼠算式《ねずみざんしき》に増《ふ》えていくんだよ！」

「しかし……しかし……おれは、お雪をさがして、人足寄場に来たのだ。お雪を殺すわけにはいかん」

頭を垂《た》れていたお雪さんが顔をあげる。

「半兵衛さん……わたし……殺されるの？」

半兵衛さんが首を横に振《ふ》る。

「だいじょうぶだ、殺したりしない」

「お願い、殺さないで」

「わかってる」

「殺さ……」

お雪さんの様子にまた変化があらわれる。

「……ないで！」

また半兵衛さんに噛《か》みつこうとする。

周囲の女の人たちに身体《からだ》を引かれ、押《お》さえつけられる。

お雪さんが、うなる。

「わたしを……殺すなら……お珠も殺すぞ……」

叫《さけ》んだお雪さんの顔が、がくがくと縦《たて》に揺《ゆ》れはじめる。

久子さんが、半兵衛さんに言う。

「お雪さんのことはあきらめて！」

「…………」

「早く！」

「……しかし……」

半兵衛さんの顔が、苦渋《くじゅう》に満ちた表情《ひょうじょう》になる。

お雪さんが、がっくりと頭を垂《た》れた。

腕《うで》のなかのお珠ちゃんが、不思議《ふしぎ》そうな目で母親を見上げている。

お雪さんは、息を引き取ったらしかった。

久子さんが、半兵衛さんに言う。

「いまのうちに赤ちゃんを！」

「しかし……」

お船さんも言う。

「これから屍人になる命と、生まれたばかりの命、どっちが大事かわかるだろ！」

「わたしが……」

久子さんが、お雪さんの腕のなかからお珠ちゃんを引きはがして抱《だ》きしめた。

そのとき！

お雪さんが目を見開いた。

黒目が白濁《はくだく》し、白目が血走っている。

腕《うで》のなかに、お珠ちゃんがいないことに気づいたのか、あわてるかんじが見てとれた。

「くそっ」

半兵衛さんはそうつぶやいてから言った。

「翔と陽奈《はるな》は、あっちを向いてろ！」

わたしと翔くんは回れ右をした。

そのあと、なにが起きたかわからない。

なにかが倒《たお》れる音がして、ひきずるような音が聞こえただけだ。

「もういいぞ」

半兵衛さんの声がしたので振《ふ》り向いた。

そこにお雪さんの身体《からだ》はなかった。女の人たちが、お雪さんの身体を小屋の隅《すみ》にでも運んだようだった。

久子さんが、半兵衛さんにお珠ちゃんをわたす。

半兵衛さんは、ぎこちない動きでお珠ちゃんを抱《だ》いた。

久子さんが、半兵衛さんの背中《せなか》をたたいた。

「お珠ちゃんのためにも気をしっかり持って」

「無理だ。恋人《こいびと》を、お珠の母親を、殺したんだぞ」

「ちがうわ」

「え……」

「お雪さんは屍人に噛《か》まれたせいで死んで……屍人になったの」

わたしも翔くんも同意した。

「お雪さんが死んだのは屍人のせい！」

「そうだよ。半兵衛さんは、屍人をやっつけただけだよ」

「うぬ……」

お船さんが、わたしと翔くんを見て言った。

「あんたたち、妙《みょう》なものを着てるね」

あっ。

わたしと翔くんは、あわてて顔を見合わせた。

翔くんが小声で言う。

「タイムスリップしてきたままだったね」

そのとき――。

ガタガタ……。

風呂《ふろ》小屋全体が揺《ゆ》れはじめた。

わたしたちは、はっとして顔を上げた。

小屋のなかの女の人たちが悲鳴をあげる。

わたしたちを引き入れてくれた女の人が、口の前に人差し指を立てた。

「しっ！」

耳をすます。

風呂小屋の外から、屍人たちのうめくような声がいくつもいくつも聞こえてくる。

わたしは、久子さんに言った。

「なかにわたしたちがいることに気づいて、小屋を壊《こわ》そうとしているにちがいありません」

翔くんがきいてくる。

「なんで?」

「小屋のなかに、ごはんがたくさんあるから」

「ごはん……」

翔くんが自分の顔を指さす。

「そう」

そのときだった。

「ズキューン!」

一発の銃声《じゅうせい》が鳴り響《ひび》いた。

風呂《ふろ》小屋の揺《ゆ》れが止まった。

*

灰色《はいいろ》の着物に袴《はかま》を着け、袖《そで》のない黒い陣羽織《じんばおり》をまとった由井正雷《ゆいしょうらい》は、黒い房《ふさ》のさがった軍配団扇《ぐんばいうちわ》を勢《いきお》いよく振《ふ》り上げた。

「ズキューン！」

そばに立つ弟子が、目の前の屍人の額《ひたい》を短銃《たんじゅう》で撃《う》ちぬいたのだ。

轟音《ごうおん》を聞き、屍人たちの動きが止まった。

正雷は、弟子たちに命じた。

「向かってくる屍人たちの額を片《かた》っ端《ぱし》から撃ち、われわれを襲《おそ》おうとしたらどうなるか、しっかり覚えさせろ。しつけるんだ。ただし、おとなしくなったら撃つな。言いなりになる兵がいなくなるからな」

銃声《じゅうせい》が響《ひび》きつづける。

人足寄場を焼き払《はら》うために船でわたってきた町奉行所《まちぶぎょうしょ》の役人たちは、ひそませていた弟子たちによって屍人たちのなかに放り出された。

そのあと、正雷が船でわたってきたばかりだった。

＊

風呂《ふろ》小屋が揺《ゆ》れなくなって、五分、ううん、十分は経《た》っている。

「外の様子を見てみます」

わたしが言うと、翔くんがおどろいた顔で止めた。

「あぶないよ。やめときなよ」

「だって、見たいもの」

「そうね、見てみましょ」

そう言ってくれた久子さんと、いっしょにバリケードの山を少し動かしはじめた。

「しょうがないなあ」

翔くんも、ほかの女の人たちも手伝ってくれた。

半兵衛さんが左手でお珠ちゃんを抱《だ》いたままかがんで右手で斧《おの》を拾い、わたしたちのすぐうしろに立って控《ひか》えてくれた。

翔くんは、翔くんとわたしと久子さんが持っていた刺又《さすまた》をまとめて持ち、半兵衛さんのうしろに立っている。

戸口の、へこんだ取っ手に指をかける。

すぐ目の前に屍人の顔があったら、どうしよう……。

音を立てないように気をつけながら、戸を数センチ開けた。

そこには屍人が……。

…………いなかった。

目の前には風呂《ふろ》小屋前の庭が広がり、正面向こうには役所の建物の裏《うら》側が見えるだけ。

屍人たちは、どこに行ってしまったの？　どういうこと？

さらに数センチ……顔が出せるくらいまで戸を開けてみた。

と！

ぬっ、と左側から顔が出てきた。

面長《おもなが》で色白な、わたしのパパより少し年上くらいの男の人。整った顔。切れ長の目、高いというより長い鼻、薄《うす》い唇《くちびる》。イケメンというより、冷酷《れいこく》そうな顔に見える。

黒目は濁《にご》っていなくて、白目も血走っていない……。

「なにゆえ、子供《こども》がここにいる」

「…………」

男の人は、わたしのうしろを見る。

「女たちは、ここに隠《かく》れていたか。それに男の子に、赤《あか》ん坊《ぼう》を抱《だ》いた男……」

男の人が右手ににぎっているものを、わたしの顔に向けてきた。

丸い穴《あな》が開いている……それは……。

短銃《たんじゅう》！

「全員、出ろ」

わたしは拒否《きょひ》した。

「いや。屍人たちがいるから」

短銃をにぎった男の人が薄《うす》く笑う。

「それならだいじょうぶだ。屍人たちは、われわれが支配《しはい》した。だから、出てきなさい」

すぐに久子さんがきいた。

「あなた、だれ？　人足寄場の役人？」

「………」

男の人は、薄く笑っているだけ。

お船さんの声が聞こえてきた。わたしたちのうしろから外をうかがっていたのだろう。

――「ここの役人じゃない！　こんな人はいなかった！」

えっ！

わたしは戸を閉《し》めようとした。

でも、もっと強い力で戸が開けられ、わたしは髪《かみ》の毛をつかまれた。

「痛《いた》いっ！」

「やめろ！」

翔くんは怒《おこ》ってくれたけど、わたしは、そのままひきずり出された。

灰色《はいいろ》の着物に袴《はかま》、黒い陣羽織姿《じんばおりすがた》の男の人の左右には、地味な着物に袴姿のたくさんの男の人たちが、こちらに背中《せなか》を向けて立って、短銃《たんじゅう》をにぎった右手を前に出している。

その先を見ると――。

役所や船着き場との境目《さかいめ》の塀《へい》。破《やぶ》られた木戸の向こうに屍人たちが、所在《しょざい》なげに立っている。

風呂《ふろ》小屋の戸口から顔をのぞかせながら、半兵衛さんが言う。

「さっき銃声《じゅうせい》が聞こえただろ。きっと銃でおどし、支配したのだろう」

わたしは少し振《ふ》り返り気味に、半兵衛さんと久子さんにきいた。

「あんなに凶暴《きょうぼう》だったのに?」

久子さんが言う。

「たぶん屍人たちは、銃《じゅう》が怖《こわ》いものだという、生前の記憶《きおく》がよみがえっているにちがいないわ」

軍羽織《ぐんはおり》を着た男の人が言う。

「撃《う》たれたくなかったら、出てこい」

軍学者由井正雷《ゆいしょうらい》

「出るしかなさそうね」

久子《ひさこ》さんが言った。

久子さんにつづいてお珠《たま》ちゃんを抱《だ》いたまま斧《おの》をにぎった半兵衛《はんべえ》さん、三人分の刺又《さすまた》をもった翔《しょう》くん、そして、女の人たちが風呂《ふろ》小屋のなかから出た。

わたしたちの前に立った陣羽《じんば》織姿《おりすがた》の男の人が名乗る。

「わたしの名は、由井正雷。ただいまより、この人足寄場《にんそくよせば》は、町奉行所支配《まちぶぎょうしょしはい》ではなく、わたしの支配となった」

風呂小屋から出てきた女の人たちがざわつく。

お船《せん》さんがきく。

「あんた、どんな素性《すじょう》なんだい！」

「軍学者。由井正雪《しょうせつ》の末裔《まつえい》だ」

久子さんがつぶやく。

「時代劇《じだいげき》で聞いたことがあるような……でも、だれだっけ？」

すると半兵衛さんが言った。

「徳川《とくがわ》の世のはじめ、三代将軍《しょうぐん》家光公の死に乗じて、江戸《えど》を火の海にし、幕府《ばくふ》の財宝《ざいほう》を奪《うば》って転覆《てんぷく》をたくらんだが失敗に終わった軍学者……」

また久子さんがつぶやく。

「実在《じつざい》の人物だったんだ……」

半兵衛さんの説明が聞こえていたのだろう、正雷が薄《うす》く笑う。

「たくらんだ？　人聞きの悪いことを言う。わがご先祖《せんぞ》は世をただそうとしたのだ」

半兵衛さんがきく。

「由井正雪の末裔が、なにをするつもりだ」

「ふふふ。あそこにいる屍人《しびと》たちは、敵《てき》がだれであっても勇敢《ゆうかん》に立ち向かっていき、なかなか死なないでいてくれる。これほど便利な兵はいない」

「先祖がしようとしたように、幕府を転覆させるつもりなのだな……」

「そんなことを言えるのも、いまのうちだぞ」

正雷は、左手ににぎっている軍配団扇《ぐんばいうちわ》を高くかかげて、振《ふ》り下ろした。

弟子たちが走っていき、木戸を開けた。

屍人たちがいっせいに、女性《じょせい》の無宿者《むしゅくもの》たちがいるブロックになだれこんできた。柿《かき》色《いろ》の着物を着た人のなかに、着物に羽織姿《はおりすがた》の男の人たちもまざっている。この人足寄場の役人なのかな？

「みんな、小屋にもどれ！」

半兵衛さんが叫《さけ》ぶ。

わたしたちは回れ右をして、風呂《ふろ》小屋に駆《か》けもどろうとした。

でも小屋の前には、すでに、正雷の弟子たちが短銃《たんじゅう》を手にして立っていた。

異臭《いしゅう》とともに、屍人たちが近づいてくる。

屍人たちと、短銃をかまえた男たちにはさまれるかたちになった。

正雷が笑う。

「銃で撃《う》たれるか、屍人に噛《か》まれて屍人になるか、どっちか選ぶんだな」

「どっちもイヤ！」

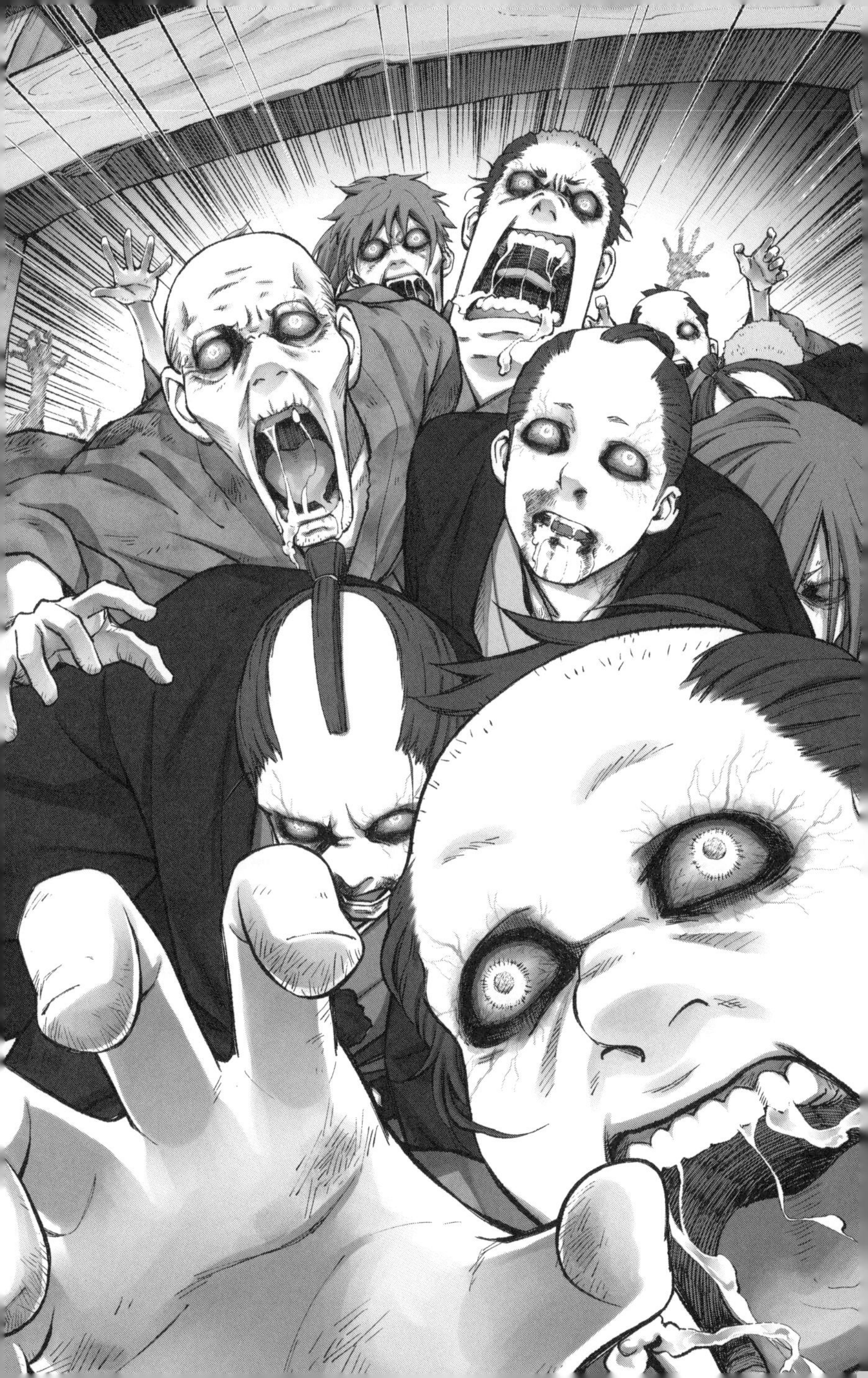

顔を横に振《ふ》ったわたしは、翔くんに声をかけた。

「刺又《さすまた》、ちょうだい」

「う、うん」

翔くんが、一本をわたしに、一本を久子さんにわたしてくれた。

わたしたち三人は刺又を両手でにぎってかまえた。

お珠ちゃんを抱《だ》いたまま斧《おの》をかまえた半兵衛さんの左右に、翔くんとわたしが立ち、半兵衛さんの前に久子さんが立った。

「なにゆえ、おれの前に立つ？」

半兵衛さんがきくと、久子さんが言った。

「半兵衛さん、あなたを守るためじゃない。お珠ちゃんを守るため」

屍人たちが、どんどん近づいてくる。

短銃《たんじゅう》をかまえた正雷《しょうらい》と弟子たちは、ニヤニヤ笑いながら、遠巻《とおま》きにして見ている。

その正雷や弟子たちのほうに少しでも近づこうとした屍人は銃口《じゅうこう》を向けておどされる。

銃口がわたしたちのほうへ振《ふ》られると、屍人たちもそれにつられて動きはじめる。

「来るわよ！」

久子さんが腰《こし》をため、刺又《さすまた》をかまえる。

来る！

先頭にいる久子さんの前まで屍人がせまる。

口を開ける。

異臭《いしゅう》が放たれる。

久子さんが刺又を突《つ》き出す。

刺又が身体《からだ》に触《ふ》れる前に、屍人の動きが止まった。

久子さんの存在《そんざい》などなかったかのように顔の向きを変えると、わたしのほうに襲《おそ》いかかってきた。

「来ないで！」

わたしは刺又を突き出した。屍人の身体にあたる。

でもすぐに、わたしが突き出した刺又が、だれかににぎられ、もどされた。

刺又をにぎったのは正雷だった。

正雷は左手で刺又をにぎり、右手でにぎった短銃《たんじゅう》の銃口《じゅうこう》を屍人のほうへ向けている。

正雷が、久子さんに向かって言う。

「見たぞ。いま、屍人は、おまえを襲《おそ》わなかった。なぜだ」

「知りません」

わたしは思い出していた。小屋の屋根から地面に落ち、屍人たちに襲われかかったときもそうだった。あのときも、屍人は久子さんを襲わなかった。

どうして……？

正雷が、弟子たちに声をかける。

「この女について、知っている者はいるか！」

弟子たちのなかのひとりが言った。

「人足のひとりに聞いた話によれば、医者らしき女が隠《かく》しもっていた薬をのんですぐ、人足たちが屈強《くっきょう》になったそうです。ですが、その者たちが片《かた》っ端《ぱし》から死んで、屍人になったとのことであります！」

「つまり……」

正雷が、久子さんのほうを見下ろして、薄《うす》く笑う。

「おまえが、屍人たちを生んだ母というわけか。だから屍人たちは、おまえを襲わないというわけか」

正雷は、久子さんがにぎっている刺又《さすまた》を強引《ごういん》に奪《うば》い取って捨《す》てた。そして久子さんの腕《うで》をつかむ。

「これより、おまえは、わたしとともに動いてもらう」

「イヤよ！」

久子さんは、正雷の腕を振《ふ》りほどこうとする。でも正雷は、細身のわりに、力が強いようだ。

「その人から手を放せ！」

半兵衛さんが斧《おの》を振り上げる。

でも正雷は右手ににぎった短銃《たんじゅう》の銃口《じゅうこう》をお珠ちゃんのほうに向けた。

「くっ……」

半兵衛さんが、くやしそうにうなる。

わたしは刺又を短くにぎって、翔くんに目で合図を送った。

いっしょに刺又ごと正雷にぶつかっていこうと思ったのだ。

でも……。

すぐに頭のうえから声が降《ふ》ってきた。

「小賢《こざか》しいマネはするな」

「う……」

わたしと翔くんは軍配団扇《ぐんばいうちわ》の柄《え》の底で頭をたたかれた。

「痛《いた》ったーい」

「痛いよ」

正雷は、久子さんの腕《うで》をつかんだまま歩きはじめた。

お船さんが、半兵衛さんのほうに手を出しながら言う。

「その赤《あか》ん坊《ぼう》、あずかるよ」

半兵衛さんがお珠ちゃんをわたそうとしたとき、正雷の弟子たちがいっせいに銃口《じゅうこう》を向けてきた。

「くそっ」

半兵衛さんがくやしがる。

正雷に引きずられながら、久子さんが言う。

「わたしはだいじょうぶだから。心配しないで」

久子さんを拉致《らち》していく正雷のうしろから、弟子たちも歩きはじめた。

木戸を出たところで、正雷が屍人たちに声をかけている。

――「やれ！　やつらをさっさと殺して、仲間にしろ！」

なかに、まだ動こうとしない屍人がいたのか、正雷が言うのが聞こえた。

――「さっさとしないと、焼き殺すぞ！」

屍人たちが、わたしたちのほうに向かってきた。そのなかには、無宿者《むしゅくもの》の男性《だんせい》たちに交じってあの長老もいた。

あの小屋も襲《おそ》われてしまったのだ……。

わたしたちが屋根に上ったりしたから？　だから目立ってしまって、襲われた？

そう思うと、申《もう》し訳《わけ》ない気持ちでいっぱいになった。

「もどれ！」

半兵衛さんの声で、はっとした。

わたしたちは、ふたたび風呂《ふろ》小屋に逃《に》げこんだ。

まず女性《じょせい》たちが入り、お珠ちゃんをあずけた半兵衛さんが、久子さんのものだった刺《さす》又《また》を拾って左手ににぎり、右手に斧《おの》をにぎった。刺又を手にしたわたしと翔くんも残って、最後に小屋の戸口から入った。

バリケードを築《きず》いて、ひと息ついたところで、わたしたちを小屋に入れた女の人がお珠ちゃんを半兵衛さんに返した。

どんっ！

風呂《ふろ》小屋が揺《ゆ》れる。

屍人たちが身体《からだ》をぶつけてきているのだろう。

この風呂小屋は出入り口のほかは窓《まど》がない。湯気を逃《に》がす換気口《かんきこう》が天井《てんじょう》にあるだけ。天井はかなり高いから、そこから屍人が入ってくることはないはず。

わたしは、翔くんや半兵衛さんたちといっしょにバリケードに背中《せなか》をあずけてすわりながら、思っていた。

わたしと翔くんが二十一世紀からタイムスリップしてきたって知ってくれている久子さんがさらわれてしまった……。

わたしと翔くん、これから、どうなってしまうのだろう。

わたしは半兵衛さんにきいた。

「久子さん、さらわれちゃいましたけど、これからどうするんですか？」

「うむ……」

どんっ！

また風呂《ふろ》小屋が揺《ゆ》れる。

半兵衛さんの腕《うで》のなかのお珠ちゃんが泣きはじめた。

屍人たちが立てる音におどろいているのだろうか。

お船さんが言う。

「母親が死んじゃったからお乳《ちち》はないし、それともおしめかねえ。そのおしめだってないよ」

すると女性《じょせい》たちのあいだから、不満の声があがりはじめた。

――「赤《あか》ん坊《ぼう》がうるさいよ」

どんっ！　どんっ！

――「屍人たちは音に敏《さと》いんだよ。もっと暴《あば》れたら、どうしてくれるんだい」

「すみません……」

半兵衛さんが謝《あやま》るのを見て、わたしは立ち上がった。

「赤ちゃんは泣くものです。みなさんや、わたしたちみたいに、しゃべれないから泣くんです」

お船さんが言う。

「その娘《こ》の言うとおりだよ」

でも女の人たちは、だまっていない。

――「屍人たちが入ってきたら、だれが責任《せきにん》をとってくれるんだい」

すると、お船さんが啖呵《たんか》を切るように言った。

「お珠ちゃんが泣こうが泣くまいが、遅《おそ》かれ早かれ、屍人たちはこの小屋に入ってくるさ。そうなりゃ、みんなも噛《か》まれちまって、すぐに屍人になっちまうのさ」

女の人たちは、なにも言わなくなった。

わたしは、お珠ちゃんをあやしている半兵衛さんに言った。

「そうならないために、なにかしないと！」

「うむ……」

わたしは、翔くんにも声をかけた。

「翔くんも、なにか考えて！」

「でも、こっちは、斧《おの》一本と刺又《さすまた》三本しかないんだよ。どうやって、やつらをやっつけるんだよ」

たしか……たしか……。

わたしは、由井正雷が屍人たちに言った言葉を思い出していた。

――「さっさとしないと、焼き殺すぞ！」

わたしは、半兵衛さんにきいた。

「さっき、由井正雷って人は、屍人たちに『焼き殺す』って言ってました」

「そうか？」

「はい」

「彼らは、屍人たちを焼き殺すことができる道具を持っているんでしょうか。ガスバーナーとか……」

「がすばーなー？」

「ごめんなさい、こっちの話です。とにかく、なにか道具があるんでしょうか」

「待てよ……」

半兵衛さんが考える顔つきになった。

「屍人のことは、町奉行所《まちぶぎょうしょ》がまったく知らないとは思えない。もし存在《そんざい》を知ったら、どうするか……」

半兵衛さんが、はっと顔をあげる。

「もし、おれが町奉行所《まちぶぎょうしょ》の役人なら、人足寄場を焼き払《はら》う」

「焼き払う？」

「ここは石川島という島だ。島ごと焼いてしまえばいい」

そこでお船さんが言った。

「屍人になっていないわたしたちがいるのに、かい？」

半兵衛さんは悲しそうな顔になって、うなずいた。

「そりゃ、ひどいよ。ひどいってもんだよ」

「仕方がない。無宿者を人足寄場で更正《こうせい》させるなんてきれいごとだ。人足寄場を焼いてしまえば、屍人も、無宿者も、消し去ることができる」

「なんてこったい！」

半兵衛さんがつづけた。

「おそらく町奉行所は役人に油を運ばせ、船着き場に着くなり油をまいて、焼いてしまおうと考えた。だが、その役人のなかに、由井正雷か、その弟子たちがまぎれこんでいて、屍人たちに役人たちを襲《おそ》わせたのだ。ほら、屍人たちのなかに柿色《かきいろ》の着物を着ていない者もいただろ」

「そういえば……」

屍人たちのなかには、着物に羽織袴姿《はおりはかますがた》の男の人たちもまざっていた。

「由井正雷たちは屍人たちを兵にするつもりだ。だとしたら……」

半兵衛さんは、そこで言葉を切った。

「……人足寄場を焼くことはない。ならば町奉行所《まちぶぎょうしょ》が持ちこんだ油が船着き場のどこかにあるはず。それを奪《うば》って、われわれで焼けばいい」

翔くんが顔をあげた。

「船着き場は、すぐそこだよ」

「だが、おもては屍人たちでいっぱいだ。どうすれば……」

お船さんが言った。

「いい考えがあるよ」

人足寄場炎上《にんそくよせばえんじょう》

「なんです」

半兵衛《はんべえ》さんが、お船《せん》さんにきいた。

「じつは、以前、人足寄場から島ぬけようとした女がいてね……」

「島ぬけ？」

わたしが首をかしげると、お船さんが教えてくれた。

「この島から脱出《だっしゅつ》する、ってことだよ」

お船さんの話によれば――。

島ぬけしようとした女性《じょせい》は、風呂《ふろ》小屋の奥《おく》の腐《くさ》りかけた壁板《かべいた》を二枚《まい》はずして、外に出た。裏《うら》には高い塀《へい》があるが、人ひとり通れるくらいの穴《あな》が開いている。その穴を通って、塀に沿《そ》って、灯台の裏《うら》を回りこめば船着き場に行けるはずだという。

わたしは、お船さんにきいた。

「その女の人は見つかったんですか？」

「たまたま船着き場に役人がいたから、つかまる前にもどってきたんだよ。そのすぐあとに、その女は赦免《しゃめん》されて、ちゃんと島から出ていけたんだけどね」

半兵衛さんがうなずく。

「それしかないな」

「どうやるんだい」

お船さんがきくと、半兵衛さんが少し考えてから言った。

「まずは、町奉行所《まちぶぎょうしょ》が運んできた油を船着き場でさがす。油の場所をたしかめたら、途中《とちゅう》までもどって、みんなを手招《てまね》きする。そうしたら、ここにいる全員、こっそりぬけだして、由井正雷《ゆいしょうらい》らが乗ってきた小舟《こぶね》をうばって乗りこむ。そこで、おれが油に火をつけてから小舟に飛び乗る」

わたしは、半兵衛さんにきいた。

「どうやって火をつけるんですか？」

「火打袋《ひうちぶくろ》がある」

あとで知ったことだけど、火打石《ひうちいし》・火打金《がね》・火口《ほくち》のセットを入れたものを火打袋《ぶくろ》というらしい。

「あっ……」

わたしは思い出していた。

「久子《ひさこ》さんは？」

「油に火をつけたら由井正雷らも出てくるだろう。そのどさくさで助けだす」

お船さんがうなずいた。

「さっそくやるかい？」

「いや、由井正雷たちだって、ずっと起きているとは思えない。夜になったら寝《ね》るだろう。やるなら、暗くなってからだ」

「でも屍人《しびと》たちは、ゆうべ、まったく寝ていなかったよ」

「せめて由井正雷たちだけでも寝てくれれば、この作戦は成功するかもしれない。いや、成功させなければ、おれたちはここで噛《か》み殺されて屍人になるしかない。だから、やるしかないんだ」

夜まで休憩《きゅうけい》することになり、わたしは、翔《しょう》くんと並《なら》んでバリケードに背中《せなか》をあずけて休んだ。

お珠《たま》ちゃんは、お船さんはじめ、女性《じょせい》たちにあやされていた。


夜になった。

半兵衛さんが、ゆっくりと立ち上がった。

「陽奈《はるな》、翔、おまえたちも手伝え」

「なにをするんですか？」

「船着き場で油をたしかめたら手招《てまね》きする。それを、ここにいる全員に伝える係だ」

わたしと翔くんはうなずいて立ち上がった。

わたしたちが悲鳴をあげたりしていないので、外にいるはずの屍人たちも、じっとしているようだ。

わたしたちは、物音を立てないように気をつけながら動いた。

お船さんが風呂《ふろ》小屋の奥《おく》へ案内する。

小声で言う。

「はずれているのは、ここの板だよ」

日頃《ひごろ》、風呂《ふろ》小屋であがる湯気のせいか、壁板《かべいた》はあちこちが腐《くさ》りかけている。そのなかでもひどい二枚《まい》をはずした。腰《こし》くらいの高さから床《ゆか》くらいまで、人ひとり通れる空間ができた。

かすかに潮《しお》のにおいがして、波の音が聞こえてくる。

手に斧《おの》を持った半兵衛さんが顔を出して、外の様子をうかがう。

「だいじょうぶだ」

由井正雷とその弟子たち、屍人もいないようだ。

半兵衛さんが身体《からだ》をすべて外に出した。

「来い」

翔くん、つづいて、わたしが外に出た。

といっても、そこの空間は幅《はば》一メートルくらいで、目の前には塀《へい》が立ちふさがっている。

風呂小屋のなかから、お船さんが刺又《さすまた》二本を出してくれた。わたしと翔くんで一本ずつ受け取る。

半兵衛さんが小声で言う。

「おれが手招《てまね》きするまで、ここにいてくれ」

お船さんが言うとおり、塀《へい》の一部には穴《あな》が開いていた。塀全体も、潮風《しおかぜ》のせいか傷《いた》んでいる。

半兵衛さんは、横向きになってその塀の穴に左足を通し、それから上体を通し、最後に右足を通そうとした。

けど、そのとき塀のささくれに柿色《かきいろ》の着物がひっかかった。強引《ごういん》に右足をぬこうとしたとき……。

びりっ。

音がした。

半兵衛さんの動きが止まる。

翔くんもわたしも動きを止め、息を止め、耳をすませた。

どきどきする。

心臓《しんぞう》の鼓動《こどう》が耳のすぐそばから聞こえてくる。

半兵衛さんが、ゆっくり右足をぬいて、塀の外に出る。

「油の場所をたしかめたら、すぐに手招きする」

翔くんが心配げにきく。

「もし屍人たちが来たら？」

「叫《さけ》べ。中断《ちゅうだん》してもどってくる。自分だけ助かるつもりはない」

半兵衛さんが、塀《へい》と岸のあいだのわずかな隙間《すきま》を、腰《こし》をかがめながら走っていく。もちろん裸足《はだし》だ。

潮《しお》のにおいが強く、波の音も大きく聞こえていた。

壁穴《かべあな》から顔を出して、半兵衛さんの背中《せなか》を見送りながら、翔くんと待っていたわたしの心臓《しんぞう》は、ばっくんばっくんだった。

翔くんといっしょだから、じゃなくて、いつ屍人たちが襲《おそ》ってくるかわからないから。

半兵衛さんの姿《すがた》が見えなくなると、そのこわさは増《ま》した。

いま屍人が襲ってきたら、どうしよう。

わたしたちには、武器《ぶき》らしい武器はない。あるのは刺又《さすまた》だけ。

風呂《ふろ》小屋のなかから、お船さんが声をかけてくれる。

「あんたたち、だいじょうぶかい？」

わたしたちは小声で返した。

「だいじょうぶじゃありません」

「だいじょうぶじゃないよ」

「かわるかい？」

「いえ。お船さんは、お珠ちゃんを守ってあげてください。それに、ここで見張《みは》るようにたのまれたのは、わたしたちなんですから」

「男の子の翔のほうは、いまにも気絶《きぜつ》しそうな顔をしているのに、あんたは強いねえ」

「強くなんかありません。これでも、こわくて、こわくて、たまらないんです」

「足音……」

「えっ⁉」

わたしと翔くんは、刺又《さすまた》をかまえて身がまえた。

半兵衛さんがもどってきて、塀《へい》の穴《あな》から手招《てまね》きする。

わたしは、風呂《ふろ》小屋の隙間《すきま》から顔をのぞかせているお船さんに言った。

「みなさん、出てください。——音を立てないで、そっと」

「わかったよ」

まず、お船さんがお珠ちゃんを抱《だ》きかかえて壁穴《かべあな》と塀《へい》のあいだに出てきて言った。

「塀の外に出て、船着き場に急ぐよ」

「でも、屍人たちがやってきたら、この刺又《さすまた》がないと……」

「なら、よこしな。あんたらは早く」

「わ、わかりました」

わたしと翔くんは、お船さんの次に出てきた人たちに刺又をわたした。

刺又をわたされた人が、お船さんに言う。

「赤《あか》ん坊《ぼう》、たのむよ」

「あいよ」

翔くん、わたしの順で、塀の穴《あな》をくぐって岸壁《がんぺき》に出た。

そのとき――。

――「きゃーっ！」

塀のすぐ内側で悲鳴がした。

足をひきずるような足音がいくつもいくつも聞こえてくる。

塀の穴をくぐろうとしていたお船さんが、お珠ちゃんをわたしのほうに差し出してくる。

「お珠ちゃんを受け取りな！」

「でも……お船さん……」

「いいから、早く！」

わたしは、両手でお珠ちゃんを受け取った。

お船さんの声が聞こえてくる。

――「さあ、来い！　屍人ども！」

このままじゃ、お船さんたちがあぶない……。

「陽奈《はるな》ちゃん、早くしないと……」

翔くんが声をかけてくる。

「でも……」

わたしが動けずにいると、お船さんの声が聞こえてきた。

「なにをぐずぐずしてるんだい！　あんたたちは、お珠ちゃんを守んなきゃいけないんだよ！　たのんだからね！　早くしな！　早く！　――さあ、来い！」

わたしは、柿色《かきいろ》の着物を着たお珠ちゃんを両手で抱《だ》きしめて、壁《かべ》と岸壁《がんぺき》のあいだを船着き場に向かって走った。
翔くんが、うしろからついて走ってくる。
背後《はいご》からは、女性《じょせい》たちの絶叫《ぜっきょう》が聞こえてきていた。
そのなかに、お船さんの声も聞こえる。
なにかが胸《むね》にせりあがってきたかと思うと、目から涙《なみだ》がこぼれ落ちた。
お船さんは、わたし、翔くん、そしてお珠ちゃんを助けるために犠牲《ぎせい》に……。
ならば……だからこそ……生きなきゃ！
半兵衛さんがわたしたちのほうに走ってくる。
「あとの者は……」
わたしは唇《くちびる》を噛《か》みしめて、首を横に振《ふ》った。
半兵衛さんも唇を噛んでから、吐《は》き捨《す》てるように言った。
「急ぐぞ」
わたしたちは、半兵衛さんにつづいて岸壁《がんぺき》を走った。
船着き場が見えてきた。
十人くらいは乗れそうな小舟《こぶね》が何艘《なんそう》か停《と》まっている。

「おまえたちは、先に小舟《こぶね》に乗ってろ！」

「半兵衛さんは……」

「油に火をつけてから、久子殿《ひさこどの》を助け出す」

「わたしたちも手伝います」

「子供《こども》は足手まといになるだけだ」

「でも……」

「陽奈はいまのうちに舟に乗ってお珠を守っていてくれ。翔はいつでも小舟を出せるように、もやい棒《ぼう》から綱《つな》をはずして持っていろ。舟を漕《こ》ぎ出したら、最後に飛び乗れ」

「もやい……なに？」

「小舟をつないでおく綱がひっかかっている棒のことだ」

「でも、ぼく、最後に乗るの？　こわいよ」

「だいじょうぶだ。心配するな」

それだけ言うと、半兵衛さんは船着き場にある油の入った樽《たる》のほうに近づいていった。

由井正雷の声が聞こえてきた。

——「なんだ！　なにがあった！　女たちがさわがしい！」

わたしたちは、とっさに船着き場でしゃがんで、役所のほうをうかがった。久子さんを連れた正雷、弟子たちが役所から出てきて、女性《じょせい》たちがいるブロックのほうを見ている。

久子さんの声も聞こえる。

——「屍人たちが暴《あば》れはじめんでしょうよ」

お珠ちゃんを抱《だ》いたわたしは腰《こし》をかがめて移動《いどう》し、岸から小舟《こぶね》にわたされた板のうえをそっと歩いてわたたった。

小舟に乗る。

ぎっ。

音が鳴った。

心臓《しんぞう》が止まりそうになった。

小舟が揺《ゆ》れ、波打つ音が立った。

わたしは、お珠ちゃんを抱きしめたまま、両足で踏《ふ》んばってバランスをとりながら、祈《いの》った。

小舟《こぶね》の音、波の音、聞かれないで……。

——「なんだ、いまの音は！　船着き場か！」

まずい！

すると、半兵衛さんが樽《たる》の蓋《ふた》をはずすと、力まかせに倒《たお》した。

どんっ、と音がした。

なかに入っていた油があふれ、地面に広がりはじめた。

女性《じょせい》たちの絶叫《ぜっきょう》を聞いたからか、人足寄場のなかのあちこちから、屍人たちのうめき声のようなものが聞こえはじめていた。

半兵衛さんは、火打袋《ひうちぶくろ》から取り出した火打石に火打金を打ちつけ、火口《ほくち》を燃《も》やした。

暗いなかで、火口の明かりは目立った。

——「おまえ！　そんなところで、なにをしてる！　屍人ども！　あいつを襲《おそ》え！」

正雷が叫《さけ》んだ。

久子さんも気づいた。

「半兵衛さん！」

「いま、助ける！」

正雷が薄《うす》く笑う。

「どうやって助けるというのだ！」

屍人たちが、半兵衛さんが立っているほうに向かって歩いてくる。広がった油のうえを、ぺちゃぺちゃと歩く。

半兵衛さんが言う。

「このにおいで気づかぬか！」

「なに……」

正雷が、半兵衛さんの手元に気づく。

「やめろ！」

半兵衛さんが火口《ほくち》を油に投げた。

「やめろーっ！」

油に引火した炎《ほのお》が、一気に広がっていった。

ブオッ！

油が燃《も》える音が広がっていく。

屍人たちの動きが、一瞬《いっしゅん》、止まった。

どんどん近づいてくる炎《ほのお》を見て、屍人たちがおびえているのがわかった。生きているときの記憶《きおく》がよみがえってきているのだ。

手足を動かして、もがいているけど、回れ右をする技《わざ》は忘《わす》れているようで、逃《に》げられないでいる。

油を燃《も》やす炎がどんどん近づき、もがこうとしている屍人たちの足元に届《とど》いたと思った瞬間《しゅんかん》――。

屍人たちが、足元から燃えあがりはじめた。

燃え上がる炎を見て、目をむいた屍人たちは、なすすべもなく、全身火だるまになっていく。

絶叫《ぜっきょう》するように口を開けているけど、うめき声しか出ていない。

足先から燃え、崩《くず》れ落ちていく。

うしろから歩いてきた屍人たちも逃げることができないでいる。

屍人たちが、ばたばたと倒《たお》れていく。

由井正雷が弟子たちに向かって叫《さけ》ぶ。

「消せ！　なにをしている！　火を消せ！　兵たちが燃えてしまうぞ！」

半兵衛さんがなにか叫《さけ》ぼうとしたけど、それよりも早く、久子さんが動いた。
正雷を突《つ》き飛ばすと、船着き場のほうに向かって走ってきた。
でも油が……。
すると久子さんは、屍人をよけながら燃《も》えあがる炎《ほのお》のなかを……。
ホップ！
ステップ！
ジャンプ！
三段跳《だんと》びで跳んできた。
久子さん、カッコいい！
久子さんが、半兵衛さんのそばに着地する。
半兵衛さんが言う。
「早く小舟《こぶね》に！」
小舟に近づいてきた久子さんが、お珠ちゃんを抱《だ》いたまま立っているわたしに言った。
「ゆっくり腰《こし》かけて、少しうしろにずれてくれる？」

わたしが身体《からだ》をずらすと、船着き場からわたしてある板を歩いて小舟《こぶね》に乗りこんできた。

久子さんに突《つ》き飛ばされた正雷が叫《さけ》ぶ。

「追え！　追え！」

弟子たちは、久子さんを追おうとするけど、燃《も》え上がる火を恐《おそ》れて近づくことができないでいる。

あたりを見わたしていた半兵衛さんが言う。

「まだ油があるじゃないか」

油の入った樽《たる》は、あと二個あった。

半兵衛さんは、あと二個の樽の蓋《ふた》も開けると思いっきり倒《たお》した。

燃えている火が新しい油を伝って、どんどん広がっていく。

見ると、役所の建物にも引火して、由井正雷や弟子たちが、炎《ほのお》のなかに取り残されているのが見えた。その正雷や弟子たちに向かって、屍人たちが襲《おそ》いかかっていく。

正雷のそばから久子さんがいなくなったから、屍人たちが襲いかかっているのだ。

「来るな！」

正雷や弟子たちが短銃《たんじゅう》で反撃《はんげき》する。

たくさんの銃声《じゅうせい》が立てつづけに轟《とどろ》いた。

半兵衛さんが回れ右をして、小舟《こぶね》のほうに近づいてくる。

「ここをぬけるぞ！」

小舟に乗ると、後ろ側の艫《とも》に立って、櫓《ろ》の柄《え》をにぎった。翔くんに言う。

「綱《つな》をはずして、乗れ！」

「うん！」

翔くんは、綱をはずして小舟に投げこんだ。

はじめにタイムスリップしてきたときより、少しだけ元気になってるかな。

「翔くん！　うしろ！」

火の海を奇跡的《きせきてき》に歩いてきた屍人ひとりが、船着き場まで来ていた。

翔くんが振《ふ》り向く。

「わっ！」

半兵衛さんが叫《さけ》ぶ。

「急げ！」

翔くんは、小舟《こぶね》にわたしている板の前で立ち止まる。

「こんな細い板、わ、わたれないよ……」

屍人がせまる。

その屍人は、なんとお船さんだった。

お船さん……噛《か》まれちゃったんだ。それでも、わたしたちといっしょに島から脱出《だっしゅつ》したいと思っているの？　記憶《きおく》に残ってるの？

お船さんが、うしろから翔くんにせまる。

半兵衛さんが叫《さけ》ぶ。

「翔！　飛べ！　目をつぶって飛べ！」

「うわーっ！　イヤだーっ！」

翔くんが飛ぶのと、お船さんが襲《おそ》いかかるのが同時だった。

翔くんが宙《ちゅう》を飛び、舟のなかに着地。

小舟が、ぐらりと揺《ゆ》れた。

わたしが片手《かたて》で、久子さんが両手で、翔くんの身体《からだ》を支《ささ》える。

半兵衛さんが、櫓《ろ》をあやつって、岸壁《がんぺき》から小舟を離《はな》す。

翔くんに襲《おそ》いかかり、噛《か》もうとしたお船さんが前のめりになったまま、岸壁《がんぺき》と小舟《こぶね》の境目《さかいめ》に落ちた。

水しぶきがあがる。

半兵衛さんが、小舟を漕《こ》ぐスピードを速める。

小舟が岸からどんどん離《はな》れていく。

小舟から見ると、人足寄場の役所だけでなく小屋も燃《も》え上がりはじめていた。

その炎《ほのお》のなかで、燃えながら動く屍人たちの姿《すがた》が見えた。

＊

人足寄場から脱出《だっしゅつ》した大和田《おおわだ》半兵衛とお珠、植村《うえむら》久子、等々力《とどろき》陽奈、朝比奈《あさひな》翔は、こっそり上陸すると、江戸《えど》の下町、深川《ふかがわ》の長屋《ながや》で暮《く》らしはじめた。

年齢的《ねんれいてき》には少し、いや、かなり無理があるが、半兵衛が父親、久子が母親、陽奈が姉、翔が弟、お珠が歳《とし》の離《はな》れた妹、という設定《せってい》だった。

半兵衛は長屋で子供《こども》たちに習字やそろばんを教える手習いをはじめ、久子は慣《な》れない子育てに追われる日がつづいた。

ただ久子はほんとうの母親ではなく乳《ちち》をあげられないため、長屋に住む子だくさんの、ふくよかな女性に乳母《うば》をたのまなければならなかった。

そんなある日――。

その日は、半兵衛、久子、陽奈、翔が、たまたま銭湯《せんとう》に出かけ、乳母の家にお珠をあずけていた。

その家で、乳母のおっぱいを飲んでいたお珠の黒目が濁《にご》り、白目が血走りはじめた……。

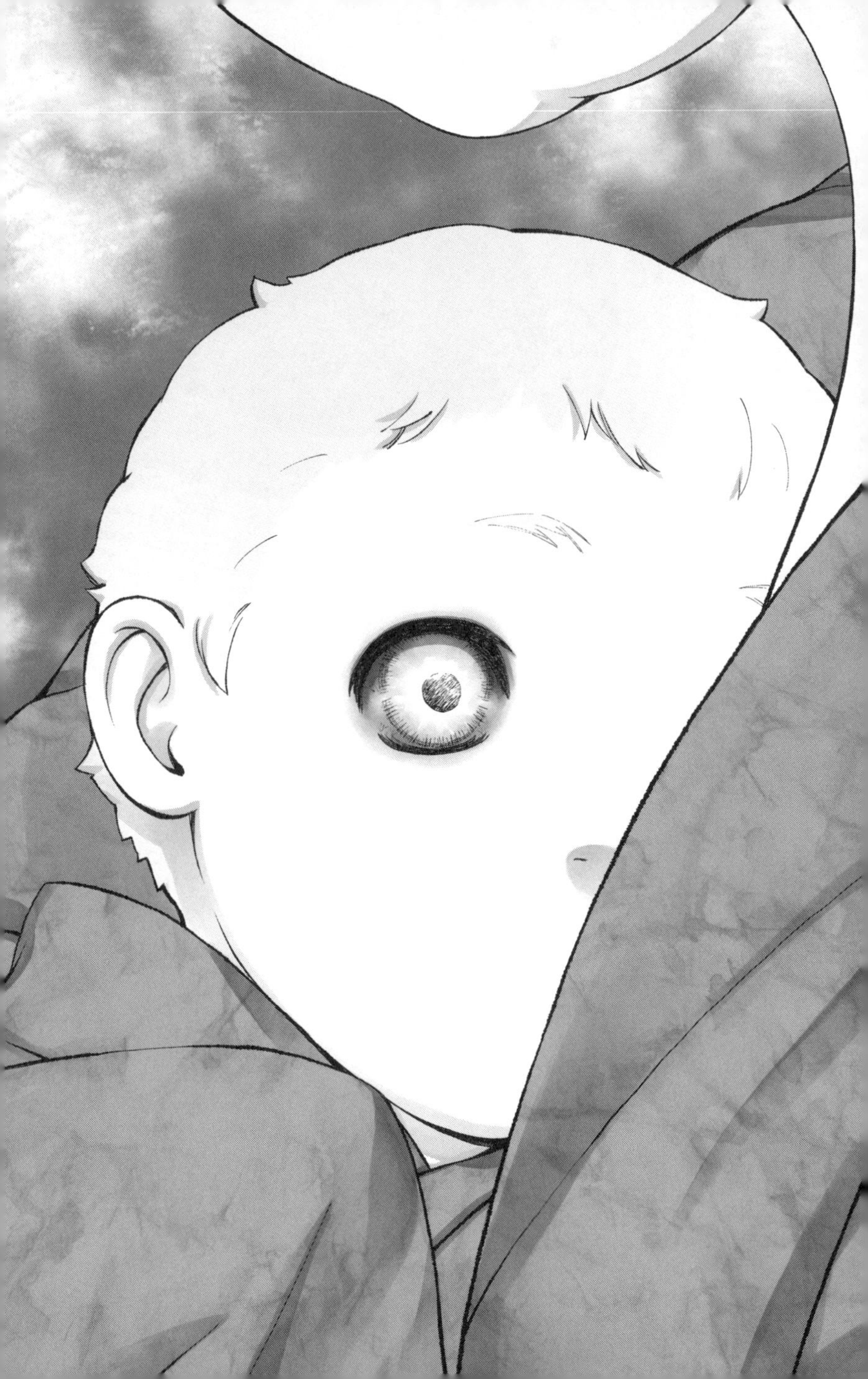

屍人の都

第二部

しびとのみやこ

日本橋バリケード

「翔《しょう》くん、どこだろう……」

わたし——等々力陽奈《とどろきはるな》——は、ひとり、江戸《えど》の街中を歩いている。

このころ、江戸の人たちが「大川《おおかわ》」と呼んでいる隅田川《すみだがわ》に架《か》けられた永代橋《えいたいばし》をなんとかわたったところだ。

あれから、まだ数日しか経《た》っていない……。あれ、というのは——。

＊

じつは、人足寄場《にんそくよせば》からいっしょに脱出《だっしゅつ》してきた赤《あか》ん坊《ぼう》のお珠《たま》ちゃんが屍人《しびと》となって乳母《うば》に噛《か》みついたのだ。

深く嚙《か》みつかれた乳母《うば》は、すぐに屍人となって、自分の夫や子供《こども》に襲《おそ》いかかった。

わたしたちが銭湯《せんとう》からもどったときには、すでに長屋の路地を屍人が数人歩きまわっていた。

半兵衛《はんべえ》さんは斧《おの》、久子《ひさこ》さん、翔くん、わたしは刺又《さすまた》を手にして、長屋から飛び出したのだ。

屍人の感染《かんせん》の広がりは想像《そうぞう》以上に早く、長屋《ながや》から深川《ふかがわ》一帯に、さらに深川から川や堀《ほり》にかかった橋を伝って江戸じゅうに感染していったのだ。

深川から西に向かって歩きながら、屍人たちに襲《おそ》われかかり、防戦《ぼうせん》しているうちに、まず半兵衛さんとはぐれ、次に久子さんとはぐれ、永代橋《えいたいばし》をわたったところで、とうとう翔くんともはぐれてしまった。お珠ちゃんが屍人になってしまってからだいぶん日にちが経《た》っているような気がするけど、まだ三日前のことなのだ。

「痛《いた》いっ」

わたしは自分の足元を見た。

親指と人差し指のあいだが、下駄《げた》の鼻緒《はなお》でこすれていた。

わたしも、翔くんも、長屋に住むようになってから、二十一世紀から着てきた服は脱《ぬ》いで、半兵衛さんと久子さんが、自分たちやお珠ちゃんのものもふくめて調達してきてくれた着物姿《すがた》になっていた。二十一世紀から着てきた服は、長屋の部屋のなかの行李《こうり》という竹で編《あ》んだケースに入れたままになっている。

足が痛《いた》いのは、慣《な》れない下駄《げた》のせいだ。

植えられた柳《やなぎ》の枝《えだ》が揺《ゆ》れる橋のたもとから川を見下ろすと、たくさんの屍人がうごめいているのが見える。川へ逃《に》げる途中で屍人に嚙《か》まれてしまったのだ。

両手で刺又《さすまた》を短めににぎったわたしは、三六〇度見回しながら、橋をわたったところの広い道を横断《おうだん》した。

往来《おうらい》から、民家と民家のあいだの路地に入りこんだ。

火事が発生したときに消火するため、雨水をためている天水桶《てんすいおけ》の裏《うら》側に入りこんで、しゃがんだ。

秋になりかけているとはいっても、暑かった。自分が汗《あせ》くさい。銭湯《せんとう》に行きたい。お珠ちゃんが屍人になってしまった三日前から、お風呂《ふろ》に入っていないのだ。毎日お風呂に入っている二十一世紀じゃ考えられない。

でも、どうして、お珠ちゃんは感染《かんせん》してしまったのだろう……。

人足寄場の風呂《ふろ》小屋にいるあいだ、お珠ちゃんは、なんともなかった。ふつうの赤ちゃんだった。わたしたちが知っているかぎり、屍人たちに噛《か》まれていない。

なら、どうして……。

あの日、銭湯《せんとう》からもどってすぐ、お珠ちゃんが屍人になっているのを見て、久子さんが言った。

――「原因《げんいん》は、お珠ちゃんとしか思えない。でも、どうして？　もしかしたら、感染《かんせん》したお雪さんのおっぱいを飲んでいたからかもしれないわ。だから、屍人になるのにも時間がかかったのかもしれない」

ほんとうのところは、久子さんにもわからないらしかった。

そのとき――。

いきなり腐《くさ》ったようなにおいがした。

顔をあげた。

天水桶《てんすいおけ》のうえに積んだ桶の間から、おじいさんが顔をのぞかせていた。

黒目が濁《にご》り、白目が血走った屍人になってしまっている。

ひっ！

「いやっ！」

わたしは、目の前の天水桶《てんすいおけ》の山に体当たりした。

雨水をためた大きな桶のうえに積まれた桶の山が、屍人のほうにくずれ落ちる。

いまだ！

わたしは刺又《さすまた》を右手でにぎって、天水桶の背後《はいご》からぬけ出した。

走った。

でも……。

目の前には、老若男女の屍人たちが、よろよろ、ふらふらと歩いてきていた。

わたしを見るなり、歩くのを速めている気がした。

わたしは回れ右をした。

倒《たお》れてきた桶を払《はら》いのけたおじいさんの屍人が立ち上がり、わたしのほうに歩いてくる。

屍人たちが、わたしから三メートルくらいのところまでせまってきてる！

はさまれた！

逃《に》げなきゃ。

でも、どうやって？

複数《ふくすう》の屍人より、おじいさんの屍人ひとりのほうが、なんとかかわせるかも……。

わたしは刺又《さすまた》を突《つ》き出しながら、天水桶《てんすいおけ》近くのおじいさんのほうに向かって駆《か》けだした。

おじいさんが大きな口を開ける。

そこで、わたしは急に右に折れた。

わたしに噛《か》みつこうとしたおじいさんが前のめりになる。

そのまま脇《わき》をぬけようとしたときだった。

「わっ！」

わたしは前のめりになって、転んだ。

いつか火葬場《かそうば》の敷地内《しきちない》にある遊歩道で転んだときのことが脳裏《のうり》をよぎった。

だれかが、わたしの右足首をつかんでる。

うつぶせに倒《たお》れたまま振《ふ》り返った。

おじいさんもまた、うつぶせに倒れたまま手を横にのばして、わたしの足首をつかんでいた。

マジ⁉

おじいさんは、這《は》いずりながら、わたしのほうに身体《からだ》の向きを変えはじめた。

わたしは右足首を引いた。

でも、がっちりつかまれている。

わたしは右足を下に向かって蹴《け》った。でも、つかんでいる手は離《はな》れてくれない。

身体の向きを変えたおじいさんが口を開けた。

臭気《しゅうき》がすごい。

わたしの足首に噛《か》みつこうとする。

このまま、おじいさんに噛まれて、死んで、屍人になってしまうの？

もうダメかも……。

そのとき――。

がんがん！　がんがん！

金属《きんぞく》をたたく鈍《にぶ》い音が響《ひび》いた。

わたしの足首に噛みつこうとしていたおじいさんの動きが止まった。

また音が鳴り響く。

がんがん！　がんがん！

おじいさんだけでなく、音に敏感《びんかん》な屍人たちが、どこだろう、というかんじで顔をあげている。

わたしの右足首をつかんでいる手の力が弱まった。

わたしが右足を動かして、おじいさんの手をほどくのと、刺又《さすまた》をにぎっていないほうの左手首をだれかにつかまれて、身体《からだ》を起こされるのが同時だった。

えっ……。

屍人につかまれた⁉

振《ふ》りほどこうとしたとき、つかまれた左手を思いっきり引っぱり上げられた。

「陽奈ちゃん！　立って！」

見上げた。

翔くんだった。

「立って！　走って！」

翔くんとわたしは、おじいさんの屍人から離《はな》れて走りはじめた。足の指が痛《いた》いのは、このときは忘《わす》れてしまっていた。

わたしは走りながら、翔くんにきいた。

「さっきの音は?」

「ぼくがやったんだよ! 屍人たちは大きな音に敏感《びんかん》だから!」

翔くんに手をとられて走りながら、わたしは思っていた。

翔くん、いつのまに、こんなにたくましくなったんだろう。

＊

「ここ、どこ?」

わたしと翔くんは町木戸《まちきど》の前に立っていた。

テレビの時代劇《じだいげき》なんかでは、あまり描《えが》かれていないけど、江戸の町と町の境目《さかいめ》には町木戸という門のようなものが設《もう》けられていて、朝に開かれ、夜になったら閉《し》められるようになっているみたい。

大きな柱と柱のあいだの観音開《かんのんびら》きの木戸が閉められ、たくさんの家財《かざい》道具が積まれている。屍人の侵入《しんにゅう》を防《ふせ》ぐためだ。

翔くんが答えてくれた。

「ここは日本橋《にほんばし》のなかのひとつの町だよ」

さらに木戸の外側には、一列にずらりと篝火《かがりび》がたかれている。

篝火というのは、松の木など脂《あぶら》の多い部分を薪《まき》にして、鉄製《てっせい》のかごに入れて火をつけたもの。テレビで見たことがあるけど、長良川《ながらがわ》の鵜飼《うか》いのときに使っている照明が篝火ね。

翔くんが教えてくれる。

「屍人よけだよ。半兵衛さんのアイデアなんだ。ほら、人足寄場で油を燃《も》やしたら、こわがってたからね」

「半兵衛さん、見つかったの?」

「うん。久子さんもいっしょにいる」

「えっ。わたしだけ、はぐれてたんだ……」

ちょっとショックだった。

「三日前から、陽奈ちゃんをさがしてたんだ」

「ありがとう……」

柱の左右には小さなくぐり戸がついている。

翔くんが木戸のところに立って言う。

「大和田《おおわだ》半兵衛さん、植村《うえむら》久子さんの連れの朝比奈《あさひな》翔です。はぐれていた仲間の等々力陽奈ちゃんを連れてきました」

「おまえたち、武士《ぶし》の子か」

「……そうです。……」

そう答えたほうが話が早いからだ。

木戸の格子《こうし》の隙間《すきま》が開き、なかにいる門番の男の人が顔をのぞかせた。

「ふたりの目を見せろ。早くしろ」

黒目が濁《にご》っていないかどうか、白目が血走っていないかどうか、たしかめるためだ。

門番の目が、わたしたちの背後《はいご》を見る。

わたしと翔くんは、肩越《かたご》しに振《ふ》り返った。

さっき、路地でわたしを噛《か》もうとしたおじいさんをはじめとする屍人たちが数十人、よろよろ、ふらふらしながら追いかけてくる。

翔くん、つづいて、わたしが門番の男の人に目を見せた。

「よし！　入れ！　急げ！」

鍵《かぎ》がはずされる音がしてくぐり戸が開くと、翔くんが言った。

「陽奈ちゃん、入って！」

レディーファーストってわけ？　翔くん、やさしい。

わたし、つづいて、翔くんが、くぐり戸を抜《ぬ》けた。

すぐにくぐり戸が閉《し》められ、鍵《かぎ》がかけられた。くぐり戸を押《お》さえるように家財《かざい》道具が積まれた。

町に入ったわたしは、あたりを見回した。

門柱の高さまで積まれた家財道具は、くずれないように縄《なわ》がかけられていた。いちばんてっぺんには、見張《みは》りをしている若《わか》い男の人が数人。もし屍人が町木戸をよじ登ってきたときのためだろう。手には斧《おの》がにぎられている。

町木戸の内側には屍人たちの侵入《しんにゅう》にそなえて、たくさんの男の人たちが武器《ぶき》を片手《かたて》に立っていた。斧だったり、鉈《なた》だったり、包丁だったり……。武器がない人は、刺又《さすまた》だったり、長い棒《ぼう》だったり……。

さすがに、由井正雷《ゆいしょうらい》とその弟子たちみたいに短銃《たんじゅう》をにぎっている人はいない。

翔くんが言う。

「この町木戸のなかにいる人たちで自警団《じけいだん》を組織《そしき》しているんだ。自分たちの命は自分たちで守るってわけ」

「なるほど……」

「陽奈ちゃん、こっち」

翔くんは、通りの反対側の町木戸とちょうど中間地点にあるお米屋さんに入った。

お米屋さんの店先の戸が開けられ、このあたりの集会所、というより作戦本部のようになっている。

翔くんとわたしが店に入ると、奥《おく》から半兵衛さんと久子さんが出てきた。

ふたりが、また翔くんとわたしの目をのぞきこむ。

「だいじょうぶなんだな?」

「だいじょうぶそうね。こっちにいらっしゃい。お腹《なか》空いてるでしょ?」

わたしは、こっくり、うなずいた。

深川の長屋を出てから三日間、ほとんどなにも食べていなかった。たまたま逃《に》げこんだ料理屋さんで、店の人が、残りものの、ごはんと味噌汁《みそしる》と漬《つ》け物《もの》を食べさせてくれたことがなんどかあるくらい。今日は、朝からなにも食べていなかった。

久子さんが、おにぎりと沢庵《たくあん》を出してくれた。

この町の人がお米屋さんを作戦本部にした理由がわかった。みんな、この町木戸と町木戸のあいだに籠城《ろうじょう》しているので、食糧《しょくりょう》になる米がいちばん大事というわけなのだ。

おにぎりにかぶりついているわたしに、久子さんが話しかけてきてくれた。

「よく無事だったわね」

わたしのとなりでおにぎりを食べていた翔くんが言った。

「陽奈ちゃん、今回の屍人の発生場所は、ぼくたちがいた深川ってことになってるみたいだよ」

「人足寄場じゃないの?」

わたしがきき返すと、半兵衛さんが説明してくれた。

「町奉行所《まちぶぎょうしょ》は屍人の存在《そんざい》を隠《かく》しているようだ。江戸の人たちは、人足寄場が火事になったことしか知らなかったんだよ」

「ひどーい!」

わたしは、ふと思って、半兵衛さんと久子さんに小声で聞いた。

「わたしたちが人足寄場にいたことは、ここにいる人たちは……」

半兵衛さんがささやくような声で言う。

「言えないよ」

「ですよね……」

翔くんが、半兵衛さんと久子さんに聞いた。

「ここに、いつまでいるの?」

「ふむ……」

半兵衛さんが考えこむ。少し間が空いてから、吐《は》き出すように言った。

「屍人が町木戸を破《やぶ》るのが早いか、この町のなかの食糧《しょくりょう》がなくなるのが早いか、だろうね」

＊

町木戸と町木戸のあいだのお米屋さんの作戦本部に入った翌朝《よくあさ》——。

わたしは、ふっと目を覚ました。

気持ちいい目覚めじゃない。いつ屍人たちが襲《おそ》ってくるかわからないという緊張《きんちょう》と恐怖《きょうふ》で、一時間おきに目を覚ましたかんじ。

そのたびに周囲を見ると、翔くんは寝《ね》ていたみたいだけど、半兵衛さんも久子さんも起きていた。ほかのおとなの人たちも起きている人が多かった。

おとなの人たち、だいじょうぶなんだろうか。

そのとき——。

——「ぎゃあーっ！」

悲鳴が響《ひび》きわたって、はっきりと目を覚ました。

わたしの周囲で横になっていた人たちも飛び起きた。

——「屍人だーっ！」

——「入ってきたぞーっ！」

店のおもてから声が聞こえてくる。

わたしは、まだ寝ぼけている翔くんの背中をたたいた。

「起きて！　屍人！」

翔くんが、がばっと起き上がる。頭を左右に振《ふ》ってる。まだ寝ぼけてるみたい。

久子さんが、わたしと翔くんに刺又《さすまた》をわたしてくれた。

半兵衛さんが、わたしたちの前に出ながら言った。

「いつ屍人が襲《おそ》ってくるかわからない。気をつけて」

久子さんも、翔くんも、わたしも、刺又をかまえて中腰《ちゅうごし》になった。

このお米屋さん、みんなの集会所になってからは、畳《たたみ》をあげて板間に土足であがっている。あげた畳は盾《たて》に使っている。

店のおもてからは、男の人たちが、屍人たちと戦う声、悲鳴、懇願《こんがん》する声が聞こえてくる。


――「これでも食らえ！」

――「やめろ！　近づきすぎだ！」

――「ぎゃーっ！　嚙《か》まれた！」

――「だから、言わんこっちゃない！」

――「屍人になりたくない！　殺してくれ！」

――「おまえを殺せん！」

――「殺せ！　たのむ、殺してくれ！　おれは、おまえを嚙みたくない！」

その場にいたら泣き出してしまうだろうと思った。

「来たぞ！　逃《に》げろ！」

店のおもてにいた人たちが逃げこんでくる。

いちど出て行きかけた半兵衛さんも、あとずさりしてきた。

わたしたちに背中《せなか》を向けた半兵衛さんの向こう側には、もう屍人たちがせまってきている。みな、元は江戸の町民たちだ。なかには、さっきまで、ここでいっしょに寝《ね》ていた男の人たちもまざっている。

みんな、深く噛《か》まれて、死んで、すぐ屍人になってしまったのだ。

久子さんが刺又《さすまた》を手に立ち上がり、逃げこんだ人たちと入れ替《か》わるように、前に出ていく。

すると、店のなかにいっせいに入ってこようとしていた屍人たちが、久子さんの動きにつれてあとずさりしはじめた。

それを見て、久子さんは手にした刺又を床《ゆか》に捨《す》てた。

屍人たちは、一瞬《いっしゅん》、音に反応《はんのう》を示《しめ》したけど、だからといって久子さんに襲《おそ》いかかったりしない。

店のなかに逃《に》げこんできた人たちは、久子さんやわたしたちを囲みながらも、ちょっと遠巻《とおま》きにするかんじで見ている。

逃げこんだ人たちがささやく。

――「なぜ襲《おそ》わないんだ」

――「この女のうしろにいたら安全なんじゃないか？」

でも、すぐに疑問《ぎもん》を口にする人が出てきた。

――「屍人たちが、この女を見る目がおだやかだぞ」

――「いったい、どういうことだ」

――「この女、屍人の仲間なんじゃねえか？」

――「仲間なら、この女がおれたちを襲うはずだろ」

――「じゃあ、なんだよ」

そこで、とんでもないこと言い出す人が出てきた。

――「屍人たちの母親じゃねえか？　屍人たち、母親を見るような目で見てやがるぞ！」

――「じゃあ、敵《てき》じゃねえか！」

わたしは、こぶしをにぎりしめて、振《ふ》り返った。

「久子さんは、屍人たちの母親なんかじゃありません！」

翔くんも振り返る。

「そうだよ！」

店のなかに逃《に》げこんだ人たちのあいだから声があがる。

——「だったら、なぜ屍人たちは襲《おそ》わないんだ！　おかしいじゃないか！」

——「母親だってえ証拠《しょうこ》じゃねえか！」

屍人を生み出すきっかけになったのは、久子さんが作り出した「LIMITATION《リミテーション》Q」。だから「母親」って言えないことはないけど、そのちがいを説明しても無理。二十一世紀の理屈《りくつ》が、江戸時代のこの人たちに通じるとは思えない。半兵衛さんくらい頭がやわらかい人たちばかりじゃないはず。

久子さんが、周囲の人たちの声など気にした様子もなく、一歩ずつ前に出ていく。

それにつれて、屍人たちもあとずさる。

そして、店先まで出た。

店のまえの通りは、屍人たちであふれかえっていた。

左右遠くを見ると、両側の町木戸は完全に倒《たお》れてしまい、そのうえを屍人たちが踏《ふ》みつけ、よろよろ、ふらふら歩いていた。

こちらに近づいてくる屍人たちのなかには、顔や手から血を流している者もいる。痛《いた》いという感覚がないまま、集団《しゅうだん》で町木戸にぶつかるように歩いてきて、身体に傷《きず》を負ったのだろう。

町木戸の外に焚《た》かれていたはずの篝火《かがりび》も倒《たお》れていて、そのうえにかぶさるように倒れている屍人たちがぶすぶす音を立てて燃《も》えている。

あたりには異臭《いしゅう》がただよっていた。

屍人たちの吐《は》く息のにおい、屍人たちの焼け焦《こ》げるにおい……。

すると——。

「ズキューーン！」

「ズキューーン！」

「ズキューーン！」

左右から、いくつもの銃声《じゅうせい》が鳴り響《ひび》いたかと思うと、屍人たちが前のめりになって、バタバタと倒れはじめた。

音に反応して振《ふ》り向いた屍人が撃《う》たれ、こんどは、うしろ向きに倒《たお》れる。

江戸城《えどじょう》がある右側の町木戸のほうから冷たい声が聞こえてきた。

「ひさしぶりだな！　植村久子！」

この声は！

「うそ……!?」

呆然《ぼうぜん》とする久子さんにつづいて、わたしたちのそばに立っていた半兵衛さんがつぶやいた。

「由井正雷《ゆいしょうらい》……」

江戸市中の戦い

半兵衛《はんべえ》さんがつぶやく。

「生きていたのか……」

人足寄場《にんそくよせば》から脱出《だっしゅつ》するとき、半兵衛さんは油をまいて火をつけた。あの火のせいで由井正雷《ゆいしょうらい》とその弟子たちはあの島から脱出できず、屍人《しびと》たちに嚙《か》まれ、死に、屍人となって、燃《も》え広がった火で灰《はい》になる……はずだった。

由井正雷の弟子たちが屍人たちを短銃《たんじゅう》で撃《う》ちながら、久子《ひさこ》さんのほうに近づいてくる。

「来ないで!」

「近づくな!」

わたしと翔《しょう》くんは刺又《さすまた》を出して、正雷の弟子たちを防《ふせ》ごうとした。

でも、すぐに銃口《じゅうこう》を向けられた。

「ガキは、引っ込《こ》んでろ！」

刺又《さすまた》をもぎ取られ、そのまま地面に捨《す》てられた。

正雷が近づいてくる。

「植村《うえむら》久子、来てもらおうか」

「どうして、わたしのフルネーム、じゃない、名前をぜんぶ知ってるの」

「役所の帳面に名前があった」

「ああ、役人に名前を聞かれたんだったわ」

半兵衛さんが、久子さんの前に出ようとして、やっぱり銃口《じゅうこう》を向けられた。

「由井正雷、なにをするつもりだ」

「植村久子をいただいていく」

わたしは声をあげた。

「久子さんはモノじゃない！」

「だまれ。――植村久子を屍人軍団《ぐんだん》の首領《しゅりょう》とする。屍人どもは、きっと植村久子の言うことを聞くだろうからな」

店にいた男の人たちのあいだから声があがる。

――「あの女、やっぱり屍人たちの母じゃねえか」

それを聞いて、正雷が薄《うす》く笑った。

「屍人の母か。おもしろいことを言う。屍人軍団《ぐんだん》の首領《しゅりょう》というより母というほうが、それらしいな。ふははは」

わたしは叫《さけ》んだ。

「笑いごとじゃない！」

「このガキどもを退《さ》がらせろ」

わたしだけでなく、翔くんも、弟子たちによって払《はら》われ、地面に尻《しり》もちをついて倒《たお》れた。

「だいじょうぶか?」

半兵衛さんが、わたしと翔くんを起こしながら、正雷のほうを向き直った。

「先祖《せんぞ》の由井正雪を真似《まね》て、幕府《ばくふ》を転覆《てんぷく》させるつもりなのか！」

「ふははは！」

正雷が大笑いする。

「もう、とっくに幕府《ばくふ》は転覆《てんぷく》しておるわ！　屍人たちが城《しろ》に入りこんでいるからな。いまごろ、将軍徳川家斉《しょうぐんとくがわいえなり》も幕閣《ばっかく》どもも、もう屍人になっておるやもしれんな。わははは。先祖《せんぞ》を超《こ》えたぞ」

正雷の言う「城」というのは江戸城《えどじょう》のことだ。

「なんだと！」

つかみかかろうとした半兵衛さんの前に、正雷の弟子たちが立ちふさがる。

「屍人の母を連行しろ！」

「ダメ！」

わたしは叫《さけ》んだけど、店にいた男の人たちから声があがった。

――「連れていけ！」

――「屍人の母など気味悪い！」

――「なんなら屍人もいっしょに連れていってくれねえか」

味方だったはずなのに、なんてことを言うの……。

わたしと翔くんは久子さんの背中《せなか》に声をかけた。

「久子さん、せっかく、いっしょに島から脱出《だっしゅつ》できたのに」

「離《はな》れ離《ばな》れになるなんてイヤだよ」

久子さんは、わたしたちに背中《せなか》を向けたまま、小さな声で言った。

「陽奈《はるな》ちゃん、翔くん、安心して。殺されはしないだろうから。それより、あなたたちこそ、屍人たちに噛《か》まれないで」

少し間を置いてから、久子さんが言った。

「わたしがここにいても、みなさんの迷惑《めいわく》になるようだから、行きましょ」

正雷が笑う。

「それでいい。——行くぞ」

「どこに行くの？　それくらい教えてくれてもいいでしょ？」

「城《しろ》だ。将軍《しょうぐん》や幕閣《ばっかく》連中が、もし生きていたら、幕府《ばくふ》を転覆《てんぷく》したことにはならないからな」

「城に入ったあとは、どうするの」

「屍人たちを飼《か》い慣《な》らし、奴隷《どれい》にし、兵として働かせるのだ。それまで、植村久子には生きていてもらわなければならない」

久子さんは、正雷とその弟子たちに囲まれながら歩いていった。

ちがう。

久子さんが正雷と弟子たちを守っているのだ。

それまで久子さんの存在《そんざい》、由井正雷とその弟子たちの持っている短銃《たんじゅう》のせいで、おとなしくなっていた屍人たちが、いっせいに町人たちに目を向けはじめた。

「翔くん、追おう」

わたしは、翔くんに声をかけて、正雷たちのあとを追おうとしたけど、集団《しゅうだん》のいちばん最後にいる弟子に銃口《じゅうこう》を向けられ、足を止めざるをえなかった。

屍人たちが、かーっ！　と口を開けて襲《おそ》ってくる。

——「逃《に》げろ！」

だれかの声が聞こえた。

「どこに？」

わたしは、戸惑《とまど》う翔くんの腕《うで》をひっぱった。

「こっちだ！」

斧《おの》をにぎった半兵衛さんが、わたしが落とした刺又《さすまた》をわたしてくれながら言った。

半兵衛さんは、屍人の群《む》れの隙間《すきま》を縫《ぬ》うように、腰《こし》をかがめ気味にして走りだした。

走りながら、屍人が少しでも接近《せっきん》すると斧《おの》を振《ふ》るった。

「顔をそむけろ！　見るな！」

翔くんもわたしも、ただ半兵衛さんの背中《せなか》を追いかけることしかできなかった。

走りながら、わたしは半兵衛さんにきいた。

「どこに向かって走ってるんですか！」

「わからん！」

「久子さんが連れていかれた江戸城じゃないんですか！」

「しかし城《しろ》には屍人が……」

わたしは、斧をにぎっていないほうの半兵衛さんの左腕《うで》の袖《そで》をつかんだ。

半兵衛さんが立ち止まって、わたしのほうを見下ろしてくる。

わたしは訴《うった》えた。

「そんなこと言ったら、江戸じゅう、屍人だらけですよ！　だったら、久子さんを助けに行ったほうがいいですよ！　ぜったい！」

「……そう、だ、な……しかし……」

わたしはせっつこうとすると、翔くんが助け船を出してくれた。

「人足寄場に着いてすぐ屍人に襲《おそ》われそうになったとき、久子さんが助けてくれたんでしょ！　こんどは半兵衛さんが助ける番だよ！　それに、ぼくも陽奈ちゃんも、人足寄場にタイムスリップしてすぐ半兵衛さんと久子さんに助けてもらったから、ふたりを助けたいんだ！」

翔くん、よく言った！　わたしは翔くんをほめたかった。でも、いまは、そんなゆとりはない。

うしろから声が聞こえてきた。

――「おれたちも城《しろ》に連れていってくれ」

振《ふ》り向くと、さっきまで米屋さんのなかにいた人たちが何十人かいる。

みんな、どこでかき集めてきたのか、おとなの男の人たちは手に手に武器《ぶき》をにぎっている。

刀、槍《やり》、薙刀《なぎなた》、斧《おの》、鉈《なた》、木の棒《ぼう》……。

なかには弓を持ち、矢の入った筒《つつ》を斜《なな》めに背負《せお》っている人もいた。

おとなたち以外にも、見たことのない子供《こども》たちもいた。

「あの子たち、だれだろう」

半兵衛さんが教えてくれた。

「きっと親が屍人になってしまったのだろう」

屍人に噛《か》まれてしまった親が、自分が屍人になる前に子供《こども》たちを家から追い出すところが目に浮《う》かんだ。

松明《たいまつ》を持っている人が走ってくる。

「先頭を歩きます。やつら、火を恐《おそ》れるようなので。うしろも、横も、松明を持った者を歩かせます。それから、先頭を歩くなら……」

うしろから走ってきた男の人が、半兵衛さんに刀を一振《ふ》りわたした。

「……斧《おの》より刀のほうが、屍人たちと距離《きょり》をとれます」

「それはそうだが……」

「半兵衛さん、あんた、武士《ぶし》だろ。米屋にいるときも思っていたんだが、腰《こし》がすわっていたし、斧の振りおろし方もすごかったからね」

たしかに、半兵衛さんには苗字《みょうじ》があるけど、ほんとうに武士だとは思っていなかった。この男の人が言うように、腰がすわっているのは、たしかだけど。

半兵衛さんは少しだまってから言った。

「刀、よいのか」

「おれたち商人は、刀より斧《おの》や鉈《なた》のほうが慣《な》れてやすからね」

「それは、すまん。――だが、あんたたちが悪口を言っていた女を助けるため、われわれは城《しろ》に向かっているのだが、よいのか」

「どこに行くにしても、集団《しゅうだん》でいたほうが安全だ。あんたが、あの女を助けたければ助ければいい」

松明《たいまつ》部隊が前後左右を囲むなか、半兵衛さんを先頭にした一団《いちだん》が、江戸城に向かって歩きはじめた。

＊

松明部隊が囲んだ、手に手に武器《ぶき》を持った集団に屍人たちがなかなか近づいていけないのを見て、生き延《の》びている人たちが、われもわれもと集まりはじめた。

まだ松明を持っていない人たちが、集団に加わる前に襲《おそ》われはじめた。

「あぶな……！」

「しっ」

わたしが叫《さけ》ぼうとすると、先頭で松明《たいまつ》を持っている人に止められた。

「叫《さけ》ぶな」

「でも……」

「ならば聞くが、あのひとりを助けることで、この集団《しゅうだん》に屍人たちの目が集まったら、どうしてくれるのだ」

「それは……」

「それに、ほかの者の命を助ける余裕《よゆう》があるか？　われわれは、自分たちの命を守るので、せいいっぱいだ」

助けたくても助けられない……。

わたしは、じりじりした思いで、屍人たちのあいだを縫《ぬ》うように走ってくる町人たちを見ていなければならなかった。

五歳《さい》くらいの男の子が走ってくる。

屍人のひとりが手をのばす。

男の子は、ひょいっと首をすくめてかわした。

勢《いきお》いあまって、つんのめった屍人が振《ふ》り向き、うしろから男の子の頭にかぶりつこうとする。生きているときはおじいさんだったらしい。

「逃《に》げて！」

わたしは叫《さけ》んだ。

男の子が、屍人のほうを振《ふ》り向く。

「じいっ！」

そう聞こえた。

一瞬《いっしゅん》、屍人の動きが止まった。

――「ありゃ、このあたりで、そばの屋台を出していたじいさんじゃねえか」

――「孫の話ばっかりしてやがったな」

「じいっ！」

男の子に「じい」と呼《よ》ばれたおじいさんの屍人は一瞬苦しそうな表情《ひょうじょう》を浮《う》かべたように見えたけど、すぐに大きな口を開けて男の子に襲《おそ》いかかった。

孫に「じい」と呼ばれて、生前の記憶《きおく》がよみがえったように見えたけど、食欲《しょくよく》には勝てなかったようだ。

おじいさん屍人の額《ひたい》に、矢が刺《さ》さり、そのまま後ろに、あおむけに倒《たお》れた。

「じいっ！」

男の子が、屍人にすがりつこうとする。

わたしは、翔くんに刺又《さすまた》をわたすと、駆《か》けだしていた。

ほかの屍人が反応《はんのう》したのが見えたからだ。

——「陽奈ちゃん！」

——「やめろ！」

うしろから、翔くんと半兵衛さんの声が聞こえてくる。

わたしは、男の子を助けることしか考えていなかった。

おじいさんの屍人にすがりつこうとする男の子をうしろから両手で抱《だ》きしめて、抱《かか》え上げた。

「やめろ！　放せ！」

「イヤ！　放さない！」

わたしは、男の子を抱えてみんなのほうへ一生懸命《けんめい》に走った。

「その子をわたせ！」

おとなの男の人が迎《むか》えにくる。

わたしがその人に男の子をわたしたとき、半兵衛さんが叫《さけ》んだ。

「うしろ！」

振《ふ》り向くと、屍人のひとりがわたしのすぐうしろまでせまっていた。

その屍人の首に、刺又《さすまた》が飛んできた。

屍人があおむけに倒《たお》れる。

わたしが、落ちている刺又を拾いながら駆《か》けもどるとき、投げた姿勢《しせい》のままの翔くんが見えた。

翔くんが、わたしを助けてくれたんだ……。

「ありがとう」

「無茶するから」

「ごめん」

男の子が、わたしにぶつかってきた。

「なんでだ！　じいちゃんといっしょにいたかったのに！」

「ごめんね。でも、あのままじゃ、ぼくも屍人に噛《か》まれちゃうところだったから」

「…………」

「屍人に噛《か》まれたら、ぼくも屍人になっちゃうんだよ」

「知ってらあ！　――それに、おいらは、『ぼく』なんて名前じゃねえ！　信助《しんすけ》ってんだ！　そばの産地、信濃《しなの》を助ける、信助だい！」

「信助くん。もう、おじいちゃんはいないの。いい？　みんなと強く生きていかなきゃいけないの。いい？」

「……わかってる」

信助くんは、泥《どろ》で汚《よご》れた顔の真ん中にちょこんとすわった小さな鼻の下を、人差し指でこすってから、うなずいた。

*

日本橋から歩きつづけ、人工の堀《ほり》に架《か》かった小さな橋をいくつもわたって、ようやく江戸城の内堀《うちぼり》に着いたけど……。

城の内側にも外側にも、内堀にかかった橋にも、屍人がいっぱいだった。

見ると――。

由井正雷とその弟子たちが内堀《うちぼり》に架《か》かった橋をわたろうとしているところだった。

わたしたちの背後《はいご》から声が聞こえた。

――「あのなかに、屍人の母がいるのか！」

米屋さんの近くにいた人なのだろう。と思っていたら、なかから刀を振《ふ》りかざした人が松明《たいまつ》を持った人のあいだをぬけて駆《か》けだした。

「やめろ！」

半兵衛さんが手をのばして止めたけど、刀を振りかざした人の背中《せなか》には届《とど》かなかった。

「どけどけ！」

正雷の弟子たちが、なにごとかと左右に割《わ》れる。

その先に、久子さんがいた。

久子さんは、橋のすぐ手前に立っている。

正雷の弟子たちが短銃《たんじゅう》を向けるよりも早く、その男の人は久子さんに向かって斬《き》りかかる。

「屍人の母、おまえのせいだ！」

振《ふ》り向こうとした久子さんがよろける。

わたしは、自分の前に立っていた信助くんの目を、刺又《さすまた》をにぎっていないほうの右手で隠《かく》した。

久子さんは、背中《せなか》を斬《き》られたように見えた。

久子さんが、内堀《うちぼり》に落ちた……!?

「いやーっ！」

わたしは悲鳴をあげた。

正雷とその弟子たちが橋をわたっていった直後、久子さんを斬った男の人に屍人たちが襲《おそ》いかかっていった。

愛宕山《あたごやま》の戦い

二十一世紀にもあるんだろうな、東京の都心に、ううん、江戸《えど》の真ん中に、こんな山があるなんて。

わたしは、半兵衛《はんべえ》さんにきいた。

「この山は、なんて山なんですか?」

「愛宕山だよ」

山っていっても、そんなに高い山じゃない。あとでわかったことだけど標高は約二十六メートルだった。住所は港区《みなとく》愛宕一丁目。最寄《もよ》りの駅は、地下鉄の「虎ノ門《とらのもん》」「神谷町《かみやちょう》」「御成門《おなりもん》」。

「山頂《さんちょう》の愛宕神社は、徳川《とくがわ》家康が江戸を火から守るために建てた神社でね。江戸の人たちの信仰《しんこう》を集めている。家康が建てたことで『天下取りの神』とも呼《よ》ばれている」

「どうして、その愛宕神社に？」

「戦国時代の籠城戦《ろうじょうせん》と同じ理由だよ。立てこもったほうが対策《たいさく》を立てやすい。だいいち、街中は、どこに逃《に》げても屍人《しびと》がいるわけだからね」

「だから愛宕神社を集会所にして立てこもろうって思いついたんですね？」

半兵衛さんがあたりを見回す。

「このあたりの町人たちが逃げこんでいるなら、屍人たちも追いかけているはず。油断《ゆだん》しちゃダメだ」

わたしたちは、愛宕神社の裏手《うらて》から神社の表参道をめざした。

歩きながら、これまで生き延《の》びたわたしたちは「おとな自警団《じけいだん》」「こども自警団」を結成。「おとな自警団」のリーダーは半兵衛さん、「こども自警団」のリーダーは翔《しょう》くんになった。

いま現在《げんざい》、「おとな自警団」の団員は五十人くらい。「こども自警団」の団員は十人くらい。

「こども自警団」のリーダーには、わたしがなりたかったけど、おとなたちが「女子が頭などありえん」と猛反対《もうはんたい》したのだ。翔くんもリーダーになるのはイヤがったから、かたちだけでもリーダーになってもらった。

わたしと翔くんよりも年齢《ねんれい》の高い、二十一世紀だったら中学生くらいの人は、「おとな自警団《じけいだん》」に入っていた。

遠く、中くらい、近く……いたるところから悲鳴が聞こえてくる。

「来るぞ……」

半兵衛さんがつぶやいてから、おとな自警団のみんなに号令をかけた。

「おとなたち、こども自警団を囲んで。そして、いちばん外側は松明《たいまつ》部隊。――行くぞ」

半兵衛さんは刀を片手《かたて》に先頭を歩きはじめた。

「こども自警団」は、わたしが先頭、翔くんがいちばんうしろで、信助《しんすけ》くんたちを囲んで進んでいった。

あちこちから、屍人たちのうめき声が聞こえてくる。

「来たぞ！」

屍人たちが四方から、よろよろ、ふらふら歩きながら近づいてくる。

松明部隊が、火をかざしておどす。

半兵衛さんが号令をかける。

「ひるむな！　進め！」

火におびえながらも襲《おそ》ってこようとする屍人にたいしては、松明《たいまつ》部隊の背後《はいご》から出てきた「おとな自警団《じけいだん》」たちが武器《ぶき》で立ち向かった。

槍《やり》、薙刀《なぎなた》、刺又《さすまた》など、屍人と距離《きょり》がとれる武器が大活躍《かつやく》した。

半兵衛さんが、また号令をかける。

「額《ひたい》、頭を狙《ねら》え！　屍人の肉体は死体だ！　生きている者とちがって、もろい！　ひるむな！」

わたしは、「おとな自警団」のみんなは懸命《けんめい》に戦いつづけた。でも武器と武器のあいだをすりぬけた屍人たちが襲ってくる。

「おとな自警団」たちのあいだから、刺又を突《つ》き出して、襲ってくる屍人の首に押《お》しつけて防《ふせ》いだ。

となりを見ると、翔くんは信助《しんすけ》くんたち幼《おさな》い子の前に立って刺又を突き出している。

わたしたちが刺又で防いでいる屍人たちを、「おとな自警団」の男の人たちが武器で撃退《げきたい》、または退治《たいじ》してくれた。

「おとな自警団《じけいだん》」とわたしたち「こども自警団」は、少しずつ少しずつ移動《いどう》していった。

襲《おそ》ってきた屍人たちをひとまず撃退《げきたい》、または退治《たいじ》したわたしたちは、愛宕神社参道の石段《いしだん》下、大きな鳥居《とりい》のところに着いた。

半兵衛さんが石段を見上げながら言った。

「この上にも屍人たちがいるはずだ。おのおの、ぬかりなく」

松明《たいまつ》をにぎった先頭の人、半兵衛さんから、ゆっくりと石段をのぼりはじめた。

はじめは静かだったんだけど……。

石段の真ん中ほどまで来たとき、半兵衛さんがつぶやくように言った。

「出た……」

少しため息がまざっているかんじ。

さらに言う。

「ぬかるな」

石段の左右の雑木林《ぞうきばやし》から屍人が湧《わ》くように出てくる。

松明部隊が前に出る。松明を前に突《つ》き出して屍人をおどす。

半兵衛さんが叫《さけ》ぶ。

「石段《いしだん》を駆《か》け上がれ！」

わたしたちは石段を駆け上がった。

なかには、松明《たいまつ》を恐《おそ》れながらも襲撃《しゅうげき》してくる屍人がいる。そんな屍人たちは、いちばんそばにいる人が斧《おの》や鉈《なた》を振《ふ》るう。至近距離《しきんきょり》なので、弓を持っている人は矢を放つことができないからだ。

屍人だからといって、すべてが同じ動きをするわけでも、同じ性格《せいかく》ってわけでもなさそうだ。火をよける屍人もいれば、燃《も》えるのも覚悟《かくご》しているのじゃないかって思えるくらいに襲《おそ》ってくる屍人もいる。

長い石段だった。百段近くありそう。二十一世紀の石段は八十六段だって。

先頭を走る半兵衛さんが叫ぶ。

「もう少しだ！　急げ！」

半兵衛さんにつづいて、わたし、信助くん、翔くん、さらに、ほかの「こども自警《じけい》団《だん》」や「おとな自警団」がつづく。

半兵衛さんが、いきなり足を止める。

「どうしたんですか?」

「見ろ……」

石段《いしだん》上の神社の境内《けいだい》から屍人がわらわらと降《お》りてくる。

半兵衛さんが言う。

「行くぞ!」

半兵衛さんは、右手ににぎった刀をかかげながら石段を一段ずつ上がっていく。

石段のうえから襲《おそ》ってくる屍人を、ひとりずつ半兵衛さんが倒《たお》していく。

わたしと翔くんは、信助くんを背中《せなか》に隠《かく》すような姿勢《しせい》で刺又《さすまた》を突《つ》き出しながら、石段を上がっていった。

半兵衛さんは、ひとまず、石段の最上部、境内の入り口までは到達《とうたつ》できた。

石段上の一の鳥居《とりい》から、正面に朱色《しゅいろ》の門、さらにその奥《おく》に社殿《しゃでん》が見える。

山の上のせまい境内には、けっこう木々が植えられている。

半兵衛さんが鳥居をくぐる。

半兵衛さんが鳥居をくぐるのを待っていたかのように、境内のあちこちから屍人たちがよろよろ、ふらふら出てきた。

「みんな、いっせいに片《かた》づけるぞ！」

石段を上がりきった「おとな自警団《じけいだん》」の人たちが手にした武器《ぶき》で戦いはじめた。接近《せっきん》戦《せん》だ。

わたしと翔くん、同じ世代の「こども自警団」は、幼《おさな》い子供《こども》たちをかばいながら、刺又《さすまた》を突《つ》き出して、襲《おそ》いかかってくる屍人たちを防《ふせ》ぐことしかできなかった。

屍人のいなさそうなところ、いなさそうなところをめざして逃《に》げまわった。

朱色《しゅいろ》の門をくぐった正面に社殿《しゃでん》、右奥《おく》に神主《かんぬし》さんが暮《く》らす社務所《しゃむしょ》があった。といっても家というより、少し大きな小屋といったかんじ。

社務所のほうに屍人の姿《すがた》がなかった。

「こっち……」

わたしは「こども自警団」のみんなを社務所のほうにみちびいた。

わたし以上に、あたりを警戒《けいかい》しながらしっかりした足取りで歩く女の子、びくびくしながら歩いている男の子、いまにも泣き出しそうな女の子、ひきつけを起こしてしまっている男の子……。

いちおう「こども自警団」のリーダーになっている翔くんが、ほかの子供たちに声をかける。

「こ、このなかに入ろう」

翔くんが、社務所《しゃむしょ》の引き戸を開けた。

一瞬《いっしゅん》の沈黙《ちんもく》のあとで、翔くんののどがひきつったような音を立てた。

「ひっ……！」

社務所のなかでは、神主《かんぬし》さんとその奥《おく》さんや子供《こども》たちが……屍人になっていた。

きっと屍人に噛《か》まれただれかが逃《に》げこんだあと、家族を襲《おそ》い、襲われた家族が、またほかの家族を襲ったのだ。

神主さんらしきおじいさんが両手を前に出し、翔くんのほうへ襲いかかってきた。

動きが固まってしまっている翔くんの脇《わき》から、わたしは刺又《さすまた》を突《つ》き出した。

神主さんの首にはまる。

神主さんの動きは封《ふう》じたけど、奥さんと子供たちまで襲ってきた。

わたしは刺又一本しか持っていない。

「だれか！」

われに返った翔くんが刺又を突き出すけど、それでもたりない。

わたしたちが持っている二本以外、刺又《さすまた》はないのだ。

そのとき――。

背後《はいご》から声が聞こえた。

「しゃがめ！」

わたしたちはいっせいにしゃがんだ。

頭上を飛んできた矢が、神主《かんぬし》さんの額《ひたい》に命中して、うしろ向きに倒《たお》れた。

さらに、二の矢、三の矢が飛んできて、屍人となった神主一家を全員倒した。

あおむけになったり、うつぶせになったりして倒れている屍人は、身体《からだ》半分が社務《しゃむ》所《しょ》、身体半分が外に出ていた。

矢を射《う》って助けてくれた「おとな自警団《じけいだん》」の人が、わたしたち「こども自警団」のみんなにいう。

「屍人の身体を外に出せ。――できるな？」

「はい！」

わたしたちは、そろって声をあげた。

そして四人一組くらいになって、屍人となった神主一家を外に出すことにした。

翔くんが顔をそむけながら神主さんの両肩《りょうかた》をつかみ、わたしと信助くんが、それぞれ足首をつかんだ。

額《ひたい》を射《い》られて、脳《のう》が損傷《そんしょう》し、動けなくなっている屍人は二度死に、ただの動かない物体と化していた。

触《さわ》ると冷たかった。肌《はだ》は硬《かた》いのに、指が埋《う》もれそうなかんじもして、不思議《ふしぎ》だった。というより、気持ち悪い！

わたしたちが神主一家の死体を外に出すと、そこへ「おとな自警団《じけいだん》」の人たちがやってきた。神主一家それぞれの両足首をつかんで、ひきずっていった。

「ほかの屍人たちは？」

わたしがきくと、そこに半兵衛さんが顔を出して、教えてくれた。

「境内《けいだい》にいる屍人は、すべて倒《たお》した。だが、このままだと腐敗《ふはい》していくから、石段《いしだん》に放り出す。そうすれば、ほかの屍人たちが食料として食べに来る。屍人たちは、生きている人間を食べるだけでなく、屍人になりかけの者、死んだ屍人も食べるようだ。さすがに動いている屍人同士が食い合うことはないようだけどね」

――「しょ、食料……!?」

――「ええーっ！　気持ち悪い……」

わたし以外の子供《こども》たちのあいだから声があがったところで、半兵衛さんがつづけた。

「屍人たちが食事に集中しているところを矢で射《い》る。――さ、おとなたちは作業をたのむ」

「おとな自警団《じけいだん》」の人たちは、境内《けいだい》に倒《たお》れている屍人の死体を境内から石段《いしだん》に放りはじめた。

神社の境内からは、四方に江戸の町を望むことができた。

北には、明暦《めいれき》の大火（一六五七年）で天守を失ったままの江戸城が、東から南にかけては大小の町並《まちな》みの向こうに江戸湾《わん》が広がっている。

町並みのところどころからは火の手があがっていて、一部、燃《も》え広がっているところもある。

そして町家と町家のあいだの道や路地には、アリのようなものが蠢《うごめ》いている。徘徊《はいかい》している屍人たちだ。

境内を占拠《せんきょ》した「おとな自警団」のリーダー、半兵衛さんが手をたたいた。

「みなさん、聞いてください。――これより、この愛宕神社に籠城《ろうじょう》します。寝食《しんしょく》をともにすることになります」

おとなたちのなかから声があがった。

「食糧《しょくりょう》はどうするんだ!」

「いま、社務所《しゃむしょ》をのぞいたら、米俵《こめだわら》がいくつもあり、味噌《みそ》、漬《つ》け物《もの》も大量にあった。井戸《いど》もあった。長持ちさせるため、餓《う》えない程度《ていど》に少しずつ食べていく。その食糧がなくなりそうになったら、町におりて米屋の蔵《くら》をあさろう」

次の人からも質問《しつもん》が出た。

「とりあえず、ここの屍人たちは片《かた》づけたが、このあとは、どうするんだ!」

「襲《おそ》われないように、防《ふせ》ぐ手立てを考えよう。——このなかに、できれば大工さん、ほかに職人《しょくにん》さんがいれば名乗り出てくれ」

大工さん数人のほか、力仕事ができそうな人もおおぜいいた。

その人たちからアイデアをつのった結果、次のような防衛《ぼうえい》計画が立てられた。

●「おとな自警団《じけいだん》」男

一、守備隊《しゅびたい》に警備《けいび》してもらいながら、社務所《しゃむしょ》にあった鍬《くわ》や鋤《すき》で、斜面《しゃめん》下の周囲四方に堀《ほり》を掘《ほ》る。

一、堀の内側、斜面の上の二か所に竹矢来《たけやらい》（竹を縦《たて》・横に組み合わせて作った囲い）を立てて並《なら》べる。

一、竹矢来の内側には篝火《かがりび》を焚《た》く。

一、町から持ってきた、弓矢、刀、槍《やり》、薙刀《なぎなた》、斧《おの》、鉈《なた》などは大事にする。

一、新しい武器《ぶき》を作る。

一、刺又《さすまた》がわりの木の棒《ぼう》を集める。

●「おとな自警団」女

一、男たちが抜《ぬ》け駆《が》けしないように米俵《こめだわら》などの食糧《しょくりょう》を保管《ほかん》・管理する。

一、計画を立てて料理する。

●「こども自警団《じけいだん》」
一、周囲全方位、見張《みは》りをする。
一、呼《よ》ばれたら、「おとな自警団」の手伝いをする。ただし、見張りの交替《こうたい》はきちんとする。

そして最後に、半兵衛さんが、とても大事なことを、みなに誓《ちか》わせた。

「屍人に噛《か》まれて、同じく屍人になったら、ほかの『おとな自警団』が容赦《ようしゃ》なく殺す」

人足寄場《にんそくよせば》のお雪さんのように、浅く噛《か》まれたときはどうするんだろう、と思ったけど、少なくとも深川から発生した屍人たちが浅く噛むところは見たことがなかった。みんな、噛まれたらすぐに屍人になっている。

「しかし……」

首をひねる人もいたけど、半兵衛さんは説得をつづけた。

半兵衛さんは、恋人《こいびと》のお雪さん、お雪さんが産んだお珠《たま》ちゃんのことを思い出しているにちがいない。

「このなかのひとりでも屍人になったら、全員死ぬぞ。それでもいいのか。これまで、さんざん見てきただろ」

最後は、みな、うなずいた。

「さぁ、手分けして作業をはじめてくれ！」

＊

わたしたち「こども自警団《じけいだん》」は、途中《とちゅう》でだれが「おとな自警団」の手伝いをすることになってもいいように、年齢《ねんれい》のいちばん高い子供《こども》と年齢のいちばん低い子供がコンビになって見張《みは》りに立つことにした。

翔くんより誕生日《たんじょうび》が早いわたしは、いちばん年齢が低い信助くんといっしょに見張りに立つことになった。

はじめは北側の江戸城のほうを担当《たんとう》することになった。

でも、ずっと同じところに立っていると飽《あ》きるから、半刻《はんとき》（約一時間）おきに、となりの方角にずれるようにした。

これは翔くんのアイデアだった。

夜も、おとなたちは篝火《かがりび》の火をたよりに作業をつづけていたので、わたしたち「こども自警団《じけいだん》」も全員で寝《ね》るわけにいかなかった。だから同じ方角を担当《たんとう》するふたりは片《かた》方《ほう》ずつ寝ることにした。

＊

夜、わたしは南側の石段《いしだん》の上に立って見張《みは》っていた。

屍人たちは、まるで結界でも張《は》られているかのように、篝火《かがりび》のラインからこっち側には入ってこようとしなかった。

たまに入ってこようとする屍人がいたら、「おとな自警団《じけいだん》」の人が松明《たいまつ》を振《ふ》っておどした。

人類が獣《けもの》を恐れさせた火の力はすごい、と実感していた。

わたしは、受け持っている方角をじっと見張っていた。

かさっ。

草の音がした。

屍人……!?

目をこらすと、竹矢来《たけやらい》を組んでいる「おとな自警団《じけいだん》」のひとりが立てた音だった。

なんだ……びっくりした。

しばらくすると、また音がした。

こんどは、こすれるような音。

屍人が歩く音だ。昼間はいろんな音がするから、あまり気づかないけど、夜はよく聞こえた。

目をやると、篝火《かがりび》と篝火のちょうどあいだを入ってこようとする屍人がいた。近くにいた「おとな自警団」のひとりが松明《たいまつ》を振《ふ》ったけど、あまりおそれない。

屍人のなかには、弱点のはずの火に耐《た》えられる者もいるのかもしれない。

入ってこようとしている屍人は、よく見ると、半纏《はんてん》を着ている。黒地で赤いラインや字が入ってる。

時代劇《じだいげき》で見たことがある。あれは火消しの人の制服《せいふく》の半纏だ。ふだん火事の現場《げんば》にいるから火がこわくないのかもしれない。

ビュン！

空気を切り裂《さ》く音がしたかと思うと、侵入《しんにゅう》してこようとした火消し半纏を着た屍人の額《ひたい》に矢が突《つ》き刺《さ》さった。屍人は、あおむけに倒《たお》れた。
いちばんそばで堀《ほり》を掘《ほ》る作業をしていた人が、屍人の額から矢をぬいて回収《かいしゅう》した。
そして弓を射《い》た人に矢を返す。矢は貴重《きちょう》だからだ。
ゴロゴロ……。
遠くで雷《かみなり》の鳴る音がした。
でも愛宕山のうえの空は晴れて、星が出ていた。

自《じ》警《けい》団《だん》VS屍人軍団

――「陽奈《はるな》、起きろ、起きろ！」

――「信助《しんすけ》、早く起こせ！」

――「起こしてるよ！　じゃあ、翔《しょう》が起こしてよ！」

どこか遠くから声が聞こえてきているようなかんじがしていた。

わたしが目を開けると、翔くんと信助くんが、わたしの顔をのぞきこんでいた。

「信助くん、もう交替《こうたい》？」

「おとな自警団」の男の人たちの睡眠《すいみん》場所は社殿《しゃでん》とそのまわり、女の人たちと「こども自警団」の睡眠場所は社務所《しゃむしょ》になっていた。

信助くんが、見張《みは》りの交替を言いにきたのだと思った。

となりにいる翔くんが言う。

「雨だよ！　すごい雨だよ！　雷雨《らいう》だよ！」

わたしは、見張《みは》っているとき、遠くで雷《かみなり》が鳴っていたことを思い出した。この愛宕山《あたごやま》あたりは、だいじょうぶだと思っていたんだけど……。

たしかに耳をすますと、社務所《しゃむしょ》の外からは雨の音が聞こえてくる。

わたしは起き上がった。

翔くんが、あわてた口調で言う。

「雨で篝火《かがりび》が消えたんだよ！」

「じゃあ……屍人《しびと》たちが……」

「襲《おそ》ってきたんだよ！　寝《ね》てる場合じゃないよ！」

見回すと、「おとな自警団《じけいだん》」の女の人たちはだれもいなかった。

ほかの、寝ていた子供《こども》たちも仲間に起こされている。

「たいへん！」

わたしと翔くんは、信助くんの前に立って、社務所の外に飛び出した。

いきなり顔に雨が降《ふ》りかかった。

着ているものも、すぐに、ずぶ濡《ぬ》れになった。それくらい、ひどい雨だった。

外は暗かった。

境内《けいだい》のなか、ところどころに置かれた篝火《かがりび》は、雨のせいで、いまにも消えそうになっている。篝火のそばにいる人が新しい薪《まき》を足したりしながら、なんとか火が消えないように努力していた。

「おとな自警団」の男の人たちも女の人たちも、境内の斜面《しゃめん》のうえ、完成している竹矢《たけや》来《らい》の手前に立って、三六〇度から襲《おそ》ってくる屍人たちを防《ふせ》いでいた。

おとなたちのあいだから斜面の下を見ると、すでに途中《とちゅう》まで掘《ほ》った堀《ほり》の水がたまっていて、足を踏《ふ》み入れた屍人たちがおぼれている。

でもおぼれた屍人がそのまま倒《たお》れて、堀の底にたまっていくので、堀の意味をなさなくなってきている。

堀の内側に完成していた竹矢来は、ところどころ倒されかけている。

雨が降《ふ》るなか、わたしは戦っている人を観察した。

愛宕山に到着《とうちゃく》するまではなかった武器《ぶき》ができていた。

それは、竹矢来を作るために用意した竹の先を斜《なな》めに切った竹槍《たけやり》だ。屍人と距離《きょり》がとれるから、屍人が斜面をあがってきたときには、きっと有効だ。

堀《ほり》をわたれた屍人たちが、竹矢来《たけやらい》を倒《たお》そうとするところで、次々に矢が射《い》られた。

それでも矢や矢のあいだをかいくぐるように斜面《しゃめん》をあがってくる屍人たちもいる。

でも、まだ竹槍《たけやり》の出番はない。もちろん、あらかじめ持っている槍、薙刀《なぎなた》、刀、斧《おの》、鉈《なた》の出番でもない。

屍人は、木々のあいだを縫《ぬ》って斜面をあがってくる。

なかには、雨で足元がぬかるんでいるので、すべり落ちる屍人もいる。いっぽう、這《は》いあがってくる屍人も少なからずいる。

わたしは、翔くんに提案《ていあん》した。

「『こども自警団《じけいだん》』のみんなに、境内《けいだい》の小石を拾わせて」

「わかった。――みんな、小石を集めるよ」

翔くんが、「こども自警団」に声をかける。

「こども自警団」が小石を集めているのを見て、「おとな自警団」の女の人たちは何人ずつかで大きめの石を集めはじめた。

全体の指揮《しき》をとっていた半兵衛さんが、女の人たちや、わたしたちが石を集めているのを見て、全員に声をかけた。

「矢をもっていない者は、石を投げろ！」

わたしたちや女の人たちは小石を投げた。

半兵衛さんの指揮《しき》が飛ぶ。

「ちゃんとねらえ！　小石も貴重《きちょう》なんだからな！」

小石をにぎったわたしは斜面《しゃめん》を見下ろした。雨で視界《しかい》が悪い。それに髪《かみ》の毛から伝ってきた雨が目に入ってくる。

わたしは、右袖《そで》で顔をぬぐうと小石を投げた。

小石が宙《ちゅう》を飛んでいく。

まぐれだけど屍人の額《ひたい》に命中！　屍人は、のけぞったままあおむけに倒《たお》れ、斜面をすべり落ち、うしろからつづく屍人たちを倒していった。

「その調子だ！」

半兵衛さんがほめてくれる。

男の人たちは大きな石を投げるというより、転がした。

いちばん手前までせまっている屍人の足にあたり、前のめりになって倒れ、うつぶせのまま、ずるずるとすべり落ちていく。

雨が降《ふ》ったことで、神社下の篝火《かがりび》が消えて屍人がやってきたことは不運だったけど、斜面《しゃめん》がすべりやすくなったのは幸運だった。

戦国時代の合戦では、籠城《ろうじょう》するほうが少人数で守れるから有利とされたらしいから、この愛宕神社に籠城した半兵衛さんの作戦は成功だった。

「よし！　その調子だ！　もっと石を転がせ！」

半兵衛さんが、みんなを励《はげ》ましたそのときだった。

「ズキューン！」

一発の銃声《じゅうせい》が鳴り響《ひび》いたかと思うと、半兵衛さんがもんどり打って倒《たお》れた。

「半兵衛さん！」

わたしは半兵衛さんのもとに駆《か》け寄《よ》った。

でも半兵衛さんは、右手で左腕《うで》を押《お》さえながら、すぐに起き上がった。

「だいじょうぶ、かすり傷だ」

「おとな自警団《じけいだん》」の女の人が駆けてきて、手ぬぐいを裂《さ》いて細くすると、半兵衛さんの二の腕をしっかりしばった。

「ありがとう」

礼を言った半兵衛さんは、石段《いしだん》の上から見下ろした。

わたしも翔くんも、そばに寄《よ》った。

石段の下、斜面《しゃめん》の下の篝火《かがりび》は雨で消えているはずなのに、明るかった。

小さな明かりが、いくつもある。

三六〇度を照らしているわけではなく、九〇度くらいの範囲《はんい》を照らしている。

「あれは？」

わたしがつぶやくと、半兵衛さんが教えてくれた。

「あれは龕灯《がんどう》だよ。携帯用《けいたいよう》の明かりだ。上手に仕組んであって、どんなに振《ふ》り回しても、なかのろうそくが垂直《すいちょく》に立つようになっているんだよ」

いっしょに話を聞いていた翔くんがつぶやいた。

「江戸《えど》時代の懐中電灯《かいちゅうでんとう》ってわけだね」

翔くん、うまいことを言う。

でも、だれが撃《う》ったの？

「大和田《おおわだ》半兵衛！」

この声は……！

わたしが口にする前に、半兵衛さんがつぶやいた。

「由井正雷《ゆいしょうらい》……」

わたしは目をこらして、石段《いしだん》の下を見た。

弟子たちに龕灯《がんどう》を持たせているのだ。

龕灯のひとつが石段上を照らす。もちろん明かりは届《とど》かない。けど、石段の下、何分の一かが、ぼうっと光り、折り重なった屍人たちの死体が見えた。

弟子たちは、これまでと同じように短銃《たんじゅう》をにぎっている。

陣羽織《じんばおり》姿《すがた》で腰《こし》に刀の大小を差しているだけの由井正雷の左どなりには、久子さんが立っていた。

「久子さん！」

わたしは、思わず叫《さけ》んでいた。

久子さん、江戸城《えどじょう》の内堀《うちぼり》のところで斬《き》られて落ちたはず……。

久子さん、死んでなかったんだ……よかった……。

「久子さん！」

わたしは、もういちど呼《よ》んだ。

声は届《とど》いているはずなのに、久子さんから返事がない。

それどころか、暗くて、よくは見えないけど、久子さんの顔からは表情《ひょうじょう》というものが消えてしまっているように思えた。

「久子さん……」

どうしちゃったんだろう。

翔くんも気になっているのか、言った。

「斬《き》られて、江戸城で堀《ほり》に落ちたショックで、記憶《きおく》をなくしてしまったんじゃない？」

ありえない話じゃない。もし、ほんとうに記憶をなくしているなら、わたしたちのことを覚えていなくてもあたりまえだ。

でも……。

二十一世紀からタイムスリップしてきて、人足寄場《にんそくよせば》から屍人が生まれるきっかけを作ってしまった久子さん……。

その屍人たちからは「母」だと思われている久子さん……。

二十一世紀で作った「ＬＩＭＩＴＡＴＩＯＮ　Ｑ《リミテーション》」が、屍人を生む原因《げんいん》になってしまったことを後悔《こうかい》していた。

だとしたら記憶《きおく》がなくなってしまうのも悪い話ばかりじゃない。でも、楽しかった記憶もなくなってしまう……。

由井正雷が軍配団扇《ぐんばいうちわ》を高くかかげて叫《さけ》んだ。

「屍人ども！　やれ！　噛《か》みつけ！　山のうえの連中に噛みつき、仲間にするのだ！」

動きを止めていた屍人たちが、ふたたび斜面《しゃめん》を登りはじめた。

さっきまでよりも屍人たちの動きが速くなった。

半兵衛さんが指揮《しき》する。

「屍人たちを倒《たお》せ！　入れるな！　守りきるんだ！」

境内《けいだい》から斜面に向けて、矢を次々と放ちはじめた。

大きな石を転がす。

小石を投げる。

さっきまでより、ほんの少し、屍人たちの動きが速くなっただけで、生き残る屍人が増《ふ》えてきた。

斜面の上で待ちかまえている「おとな自警団《じけいだん》」の男の人たちは帯に斧《おの》や鉈《なた》を差したまま、竹槍《たけやり》で戦いはじめた。

突《つ》きだした竹槍《たけやり》で、屍人と戦う……。

それでも死なずに、斜面上《しゃめん》に築《きず》かれた竹矢来《たけやらい》まで近づいてくる屍人に、男の人たちが斧《おの》を振《ふ》り下ろし、その場でやっつけることができた。

いまは、ほとんどの女の人たちが竹槍をにぎり、男の人たちが斧や槍をにぎるようになっていた。

そのとき――。

それまで表情《ひょうじょう》をなくしていた久子さんが絶叫《ぜっきょう》した。

「いやーっ！」

わたしたちはおどろいて石段《いしだん》の下を見た。

正雷が、久子さんのほうを向く。

すると久子さんは、正雷の左腰《こし》の脇差《わきざし》を引きぬいた。

そして正雷の腹《はら》に突《つ》き刺《さ》した……と思ったら、その腕《うで》をつかまれた。

屍人になっちゃう

土砂降《どしゃぶ》りの雨のなか竹矢来《たけやらい》をずらすと、わたしは石段《いしだん》を駆《か》け下りた。

石段のうえに倒《たお》れている屍人《しびと》をよけながら、だ。

でも、ときどき、二度死んで、ただの動かない物体になってしまっている屍人の背中《せなか》を踏《ふ》みつけて、転びそうになる。

それでも、わたしは走るのをやめなかった。

走りながら、わたしは、いつの間にか刺又《さすまた》も小石も持っていないことに気づいた。

腕《うで》をつかまれた久子《ひさこ》さんは右足で由井正雷《ゆいしょうらい》の股間《こかん》を思いっきり蹴《け》った。

「ぐわっ！」

正雷が、思わず手を放し、うしろによろける。

その瞬間《しゅんかん》、久子さんは石段を駆け上がりはじめた。

表情《ひょうじょう》のなかった顔が、わたしの知っている久子さんの顔にもどっている。

きっと、正雷につかまったあとは、すべてをあきらめて正雷の言うことを聞くふりをしていたのだろう。

「久子さん！」

駆《か》け下りたわたしが右手を差し出すと、久子さんがしっかりつかんできた。

「陽奈《はるな》ちゃん、駆け上がって！」

わたしは、右手をうしろに回し、久子さんからバトンを受け取るような格好《かっこう》で、石段《いしだん》を駆け上がりはじめた。

足元が石段だろうが屍人の死体だろうが、かまわず走るしかなかった。

わたしは久子さんにたずねた。

「あのとき、江戸城《えどじょう》のところで斬《き》られなかったんですか？」

「あぶないところだったわ」

石段のうえから、翔《しょう》くんがなにか叫《さけ》んでいるけど、雨音で聞こえない。

その翔くんが石段を駆け下りはじめた。正面、つまり、石段の下のほうを指さしながら叫んでいる。かすかに聞こえた。

「……あぶない！　……」

えっ⁉

立ち止まって振《ふ》り返った。わたしの背中《せなか》にぶつかりかかった久子さんも振り向く。

あっ！

正雷と、弟子たちが短銃《たんじゅう》をかまえて、銃口《じゅうこう》をこちらに向けていた。

撃《う》たれる！

「しゃがんで。——翔くんも！」

久子さんが、わたしの腕《うで》をつかんで引きずり下ろした。しゃがんだ。

石段を駆《か》け下りてきた翔くんも、しゃがむ。

「ズキューン！」

「ズキューン！」

「ズキューン！」

銃声《じゅうせい》が重なって聞こえてきた。

すぐ目の前に、ただの物体になってしまっているおじいさんの屍人の顔があった。ものすごい異臭《いしゅう》がしたけど気にしていられなかった。

石段《いしだん》の下から上へ銃弾《じゅうだん》が走る気配が伝わってきた。
ヒュン！
反対に、石段の上から下へなにかが飛ぶ気配もした。
石段のうえを見ると、半兵衛さんが矢を放ったあとの姿勢《しせい》だった。
正雷か弟子たちに命中しているはず……と思って振《ふ》り返ったけど……。
半兵衛さんが放った矢は、正雷と弟子たちのあいだをぬけていた。
正雷と弟子が、また、わたしと久子さんのほうに銃口《じゅうこう》を向けてきていた。
こんどこそ撃《う》たれる！
わたしは、さらに低くなるように、しゃがんだ。
撃たれる！
殺される！
でも……銃声が聞こえてこない。えっ!?　なんで!?　どうして!?
そのとき――。
「ぎゃーっ！」
男の人の悲鳴が聞こえてきた。

なにっ⁉　なんなのっ⁉

わたしは頭を上げて、おそるおそる肩越《かたご》しに振《ふ》り向いた。

おばあさんの屍人が、正雷の左肩《かた》に噛《か》みついているのが見えた。

「痛《いた》いじゃないか！　離《はな》れろ！　くそばばあ！」

正雷が叫《さけ》ぶ。

その正雷は、右腕《うで》を左肩のほうに持っていくと、おばあさんの屍人の額《ひたい》を撃《う》った。

ひっ！

久子さんが言う。

「走って！」

「はい！」

「翔くんも走って！」

わたしは、久子さんに背中《せなか》を押《お》されるように、石段《いしだん》を駆《か》け上がった。

翔くんも、石段を駆け上がる。

ときどき屍人の死体に足をとられそうになりながら、わたしは駆け上がった。

「おのれ！」

「ズキューン！」

銃声《じゅうせい》が響《ひび》く。

でも、わたしも久子さんも、前を走る翔くんも撃《う》たれない。

走りながら振《ふ》り向くと、左肩《かた》を右手で押《お》さえようとしながら、正雷は引き金をひいたのだ。

弟子たちは、暴《あば》れる正雷を押さえようとしていて、わたしたちのほうを見ていない。

その弟子たちに、屍人たちが襲《おそ》いかかった！

「来るなーっ！」

「やめろーっ！」

「ぎゃーっ！」

「痛《いた》いーっ！」

弟子たちが叫《さけ》ぶ。

石段《いしだん》を駆《か》け上がって、境内《けいだい》に着いた翔くん、わたし、久子さんを、半兵衛さん、信助くんたちが迎《むか》えてくれた。

弟子たちに取り押《お》さえられていた正雷が大声を出した。

「ぐわーっ！」

弟子たちを振《ふ》り払《はら》い、短銃《たんじゅう》をかなぐり捨《す》てた。

遠くからでもわかる。

その顔は、わたしたちの知っている由井正雷ではなかった。

屍人の顔だった。

正雷は、久子さんに守られていたのだった。正雷は「屍人の母」久子さんのそばにいる男だから、屍人たちは一目置いていたのだろう。だけど久子さんが逃走《とうそう》したことで、屍人たちにとって正雷は、あぶない武器《ぶき》を持っている男にすぎなくなった。だから屍人たちに襲《おそ》われてしまったのだ。

炎上《えんじょう》する石川島の人足寄場《にんそくよせば》を出て、日本橋で久子さんを見つけるまでのあいだ、よく屍人たちに嚙《か》まれなかったものだと思う。

屍人になってしまった正雷と弟子たちが、いっせいに石段《いしだん》をあがってきた。

さらに周囲の斜面《しゃめん》からも、愛宕山《あたごやま》の外からも、屍人たちがどんどん増《ふ》えている。

「まずい……」

半兵衛さんがつぶやいた。

久子さんが、わたしと翔くんを見て、小声で言った。

「ヤバいわよね」

江戸時代の人に「ヤバい」が通じないかもしれないから小声で言ったのだ。

たしかに、ヤバい。

久子さんが半兵衛さんに言う。

「これだけのおとなで屍人たちを倒《たお》せるの？」

「無理……いや……やってみるしかない。『おとな自警団《じけいだん》』のみんな、倒せ！　倒せ！」

久子さんが首をかしげる。

「『おとな自警団』？」

半兵衛さんのかわりにわたしが説明した。

「『おとな自警団』のリーダーが半兵衛さん、『こども自警団』のリーダーが翔くんなんです」

「そういうことね」

弓を持っている人は、文字どおり、矢継《やつ》ぎ早《ばや》に、矢を放ち、大きめの石を転がし、小石を投げ、さらに接近《せっきん》してきたら竹槍《たけやり》で突《つ》いているけど、屍人たちが境内《けいだい》に上がってくるのは時間の問題に思えた。

半兵衛さんが叫《さけ》ぶ。

「竹矢来《たけやらい》のなかに入れるな！」

そのときだった。

竹槍《たけやり》のあいだを縫《ぬ》ってせまってきた屍人が、斧《おの》をかまえた「おとな自警団《じけいだん》」のひとりの腕《うで》に思いっきり噛《か》みついた。

「ぎゃーっ！」

噛みつかれた男の人が痛《いた》みで苦しみながら、境内《けいだい》のほうを向いた。

黒目が濁《にご》り、白目が血走る。

信助くんが、わたしにしがみついてきた。

「こわいよ」

男の人が叫《さけ》ぶ。

「こ、こ、殺して、くれ！」

半兵衛さんは弓を捨《す》て、腰《こし》の刀をぬくと、噛まれた男の人に斬《き》りかかっていった。

斬られる寸前《すんぜん》、屍人になりかかっている男の人が叫ぶ。

「やっぱり、やめろ！　殺すな！」

半兵衛さんが、一瞬《いっしゅん》、躊躇《ちゅうちょ》した。

「決めてあったはずだ！」

半兵衛さんが、屍人になりかかった男の人の首をはねようとする。

すると男の人が半兵衛さんの腕《うで》を手で払《はら》った。

ほんの一瞬、躊躇したため、間に合わなかったのだ。

男の人が一瞬がくんとして命を落とした直後、口をかーっと開けて、半兵衛さんに襲《おそ》いかかった。

わたしは、屍人になったばかりの男の人の股間《こかん》を思いっきり蹴《け》とばした。

身体《からだ》が勝手に動いていた。

半兵衛さんが「おとな自警団《じけいだん》」のみんなに向かって叫《さけ》ぶ。

「逃《に》げろ！　社殿《しゃでん》でも、社務所《しゃむしょ》でもいい、逃げろ！　逃げこめ！」

わたしと信助くん、翔くん、久子さんは、そばの社殿に逃げこもうとしたけど、「おとな自警団」のみんなにはじき飛ばされた。

久子さんが叫ぶ。

「たしか、こっち、社務所《しゃむしょ》があったでしょ！」

「はい！」

「社務所に入るわよ！」

久子さんが、わたしと翔くんの背中《せなか》を押《お》してくれる。久子さんのうしろには半兵衛さんもいる。

うしろから半兵衛さんが叫《さけ》ぶ。

「早く、社務所へ！」

見ると、わたしたちより前に逃《に》げた人たちが、どんどん社務所に逃げこんでいく。

わたしと信助くん、翔くんが社務所に入ろうとしたそのときだった。

社務所の戸がぴしゃりと閉《し》められた。

まだ何人も入ることができたのに！

「開けてください！」

わたしは叫《さけ》んだけど、なかから拒否《きょひ》された。

——「ダメだ！　入るな！」

わたしたちの周囲にいる人たちも戸をたたく。

「入れてくれ！」

「頼《たの》むから、入れてくれ！」

でも、もう中から声が返ってこない。

「くそっ」

半兵衛さんは吐《は》き捨《す》てるように言うと。どこかに走っていった。

久子さんが、不安そうな顔をする。もちろん、翔くんも、信助くんも、わたしもだ。

半兵衛さんは、社務所《しゃむしょ》の裏《うら》からはしごを抱《かか》えてもどってくると、屋根にかけた。

半兵衛さんが、わたしたちに言う。

「上がれ！」

そこへ「おとな自警団《じけいだん》」の人たちが集まってくる。

半兵衛さんは厳《きび》しい口調で言った。

「子供《こども》、女が、先だ！　――さあ、信助から上がれ」

近くにいた子供たち、信助くん、わたし、翔くん、女の人たち、久子さん、そして半兵衛さんがはしごを上がった。

社務所といっても大きな小屋のような造《つく》りにすぎない。

山のかたちをした切妻屋根《きりづまやね》の上には、葺《ふ》いた板が飛ばないように石が置いてある。人足寄場で見た建物といっしょだ。

半兵衛さんがはしごを上がったのを見て、ほかの男の人たちが群《むら》がりはじめた。

半兵衛さんは手をのばし、つづく男の人たちの腕《うで》をつかんで、はしごを上がるのを手伝う。

「屍人だ！　屍人が来たぞ！」

はしごを上がるのに間に合わなかった人たちが、次々に屍人に襲《おそ》われていく。

襲っている屍人たちのなかに、由井正雷と弟子たちもいた。

屍人になった弟子のひとりがはしごに気づいたのを見て、半兵衛さんは、そっとはしごを引き上げた。

眼下《がんか》で、屍人が人を嚙《か》み、食べているのを見て、信助くんの目を押《お》さえながら、わたしも顔をそむけた。

屋根の上にいる人が、できるだけ大棟《おおむね》に近づこうと、這《は》うようにのぼっていく。なかには、すべって落ちていく人もいる。その人の腕を半兵衛さんや久子さんがつかんで、引き上げる。

わたしたちも、すべらないように両手両足を踏《ふ》んばっていなければいけなかった。

愛宕神社の境内《けいだい》じゅうから、悲鳴が上がっている。

屍人たちが放つにおいも襲《おそ》ってきていた。

わたしたちは、ただ願っていた。

このまま、だれも来ないで。

このまま、だれも落ちないで。

わたしの腕《うで》のなかから手をのばして大棟《おおむね》につかまっている信助くんの身体《からだ》がぶるぶる震《ふる》えている。

「こわい？」

信助くんが、こっくりとうなずく。

「でも信助くん、わたしたちとはじめて会ったときも、勇気あったよ」

「こんなにたくさん、屍人、いなかったよ」

屍人に噛《か》まれた人の悲鳴が聞こえつづけている。

わたしたちがいる屋根の下から大きな音が聞こえてきた。

戸が壊《こわ》されたのかもしれない。

すぐに社務所《しゃむしょ》のなかから悲鳴が聞こえてきた。

あのまま社務所のなかに逃《に》げこんでいたら、いまごろ屍人たちに嚙《か》まれてしまい、屍人になっていた……。

そのとき——。

屋根の端《はし》っこ、さっき、わたしたちが登ったはしごがかかっていたところに、両手がかかった。

えっ……!?

ふつうの人が手をかけられるはずがない。身長が二メートル以上あれば別だけど。

次に、顔が出てきた。

えっ!?

屍人になった由井正雷だ。

えっ、どういうこと!? 由井正雷って、そんなに身長高かった?

わたしが思っていると、半兵衛さんが言った。

「地面に倒《たお》れている屍人を踏《ふ》み台にしているんだ……」

なるほど。わたしは合点した。

ううん、合点なんかしてる場合じゃない。

正雷は、腕立《うでた》て伏《ふ》せか、懸垂《けんすい》でもするように、両手に力を入れて上半身を上げ、そのまま屋根の上に這《は》い上がってきた。

そして、屋根の上で立ち上がると、わたしたちを見下ろした。

わたしも、信助くんも、翔くんも、久子さんも、そして半兵衛さんも身体《からだ》を硬直《こうちょく》させている。

顔の造形《ぞうけい》は、たしかに由井正雷だけど、屍人になったいまは、まったくの別人、ううん、別の生き物、化け物だ。

正雷は、久子さんを見下ろして、苦虫を噛《か》みつぶしたような顔をした。

屍人は、久子さんに近づくことができないうえに、生きていたときの記憶《きおく》がよみがえっているのかもしれない。

久子さんは立ち上がると、正雷と向き合った。屋根の上にいる人たちを守るつもりなのだ。

正雷は、まるでこれから準備《じゅんび》運動でもはじめる人のように首をまわすと、中腰《ちゅうごし》になって急に動いた。久子さんをよけるように回りこんできたのだ。

わたしの顔めがめて、正雷の手がのびてきた。

「きゃーっ！」

わたしが悲鳴を上げると、正雷はうれしそうに顔をくずした。すると、頰《ほお》のあたりの皮膚《ひふ》の一部がずるりとくずれ落ちた。

そのとき——。

「ぼくをねらえよ！」

わたしのとなりにいる翔くんが立ち上がった。

正雷の視線《しせん》が、翔くんのほうに一瞬《いっしゅん》動いた。

わたしが蹴《け》とばそうと足を上げたとき、正雷の視線がもどった。

わたしに覆《おお》いかぶさるように襲《おそ》ってきた。

くわーっと大きく開いた口のなかは、粘《ねば》っこそうな唾液《だえき》が糸をひいている。

ものすごい異臭《いしゅう》も襲ってくる。

嚙《か》まれちゃう！

殺されちゃう！

屍人になっちゃう！

半兵衛《はんべえ》の正体

そのときだった……。

屍人《しびと》になった由井正雷《ゆいしょうらい》が、がくりと両ひざを落とした。「魂《たましい》」みたいなものがぬけていったかんじに見えた。

「逃《に》げて！」

半兵衛さん、久子《ひさこ》さん、翔《しょう》くん、信助《しんすけ》くんが、わたしの身体《からだ》をつかんで、うしろに退《さ》がらせてくれた。

正雷が、わたしの目の前で、うつぶせに倒《たお》れた。

「あれを見ろ！」

立ち上がった半兵衛さんが、あたりを見回して言った。

わたしたちも立ち上がった。

いつのまにか雨が上がり、あたりは、真っ暗ではなくなり、うっすら夜が明けはじめていた。

社務所《しゃむしょ》の小屋の周囲にいた屍人たちだけではない、境内《けいだい》にいる屍人たち、さらには石段《いしだん》をあがってきていた屍人たち、愛宕山《あたごやま》に近づいてこようとしていた屍人たちまでもが、ばたばた倒《たお》れていくのが見えた。

「どうして……？」

わたしがつぶやくと、久子さんが静かに言った。

「もしかしたら……『ＬＩＭＩＴＡＴＩＯＮ《リミテーション》　Ｑ』の効力《こうりょく》が切れたのかもしれない」

こうして話しているあいだにも、境内にいる屍人たちは、全員が地面のうえで倒れていた。

生き残っているのは、この社務所の屋根の上にいる、子供《こども》、女性《じょせい》たち、半兵衛さん、わずかな男の人。

あとは地上にいて、奇跡的《きせきてき》に屍人に噛《か》まれずにすんだ男の人が数人、あたりを見回して呆然《ぼうぜん》としていた。

境内に、東のほうから光が差しはじめた。

日が昇《のぼ》りはじめたのだ。

「見ろ！」

三六〇度を見回していた半兵衛さんが指さしながら言う。

江戸《えど》市中の、屍人にならずにすんだ、手に手に武器《ぶき》を持った人たちが愛宕山に向かって集まりはじめている。

きっと、うわさを聞いてきたにちがいない。

わたしは、だれにともなく言った。

「どれくらいの人が屍人に噛《か》まれて……死んで……屍人になって……また死んじゃったんだろう」

久子さんが小声で言う。

「江戸は百万都市っていわれてる。そのなかの半分？　四分の一？」

翔くんが声を吐《は》き出す。

「げっ」

信助くんが、ぼそりと言う。

「何人死んでも、おいらのじいは生き返るわけじゃない」

信助くんは、唇《くちびる》をぎゅっと噛《か》みしめた。

「わたしが二十一世紀から持ちこんだ『LIMITATION　Q』のせいで、たいへんなことになっちゃった……」

久子さんの声が聞こえているのか、聞こえていないのか、半兵衛さんが唇を噛みしめながら言った。

「これからは、生き残った者たちで、再生《さいせい》の道をめざさなければ」

「ぜひ、お願いします。もし、わたしにできることがあれば、なんでもします。責任《せきにん》をとらないと……」

「久子殿《どの》は、それほど責任を感じることはない。こういう事態《じたい》を引き起こしたくて、したわけではないだろう」

「でも……」

「それより……」

半兵衛さんが、そこで言葉を切って、小声で言った。

「……ずっと、この時代にいるつもりなのか」

「だって、もといた時代に帰る方法、わからないもの。仕方ないわ」

そして久子さんが、わたしと翔くんのほうを見て、小声できいてきた。

「あなたたちも、そうよね。——帰りたい？」

「はい」

わたしも翔くんも、しっかりうなずいた。

そこで、わたしの左袖《そで》をつまんでいた信助くんが聞いてくる。

「帰るって、どこから来たんだ？」

わたしは、信助くんを見下ろして言った。

「遠いところ」

「遠いところ、って？」

「うーん……」

なんて答えればいいんだろう。未来から来たなんていっても理解《りかい》できないだろうし。

「だから、遠いところ」

「ふぅーん。——ちぇっ、教えてくれよ」

信助くんがそう言った瞬間《しゅんかん》、わたしは膝裏《ひざうら》に痛《いた》みを覚えて体勢《たいせい》をくずした。

「きゃっ！」

信助くんがわたしの膝裏《ひざうら》を蹴《け》ったみたい。

手をのばしたら、久子さんと翔くんがつかんでくれた。でも、ふたりとも、わたしにひきずられるように前に倒《たお》れこんできた。そして、わたしを真ん中に、久子さんと翔くんが団子《だんご》になって、屋根の上をすべり落ちた。

＊

「きゃーっ！」

女の人の悲鳴が聞こえてくる。

振《ふ》り向くと、黒のズボンに、ランニングシャツ姿《すがた》の若い男の人が、包丁を高くあげているところだった。

「来ないで！」

わたしだけじゃなく、翔くんもいっしょに、男の人に体当たりした。

男の人が体勢《たいせい》をくずして、後ずさりしてから、尻《しり》もちをついた。

久子さんが立ち上がり、男の人が持っている包丁を蹴《け》り飛ばすと、股間《こかん》を踏《ふ》みつけた。

「ぎゃーっ！」

男の人が失神した。

久子さんは、包丁を拾うと、道の側溝《そっこう》に落とした。

そして道路の反対側で悲鳴をあげていた、わたしや翔くんの親くらいの年齢《ねんれい》の女の人に向かって叫《さけ》んだ。

「一一〇番してください！」

「でも、その格好《かっこう》……」

わたしたちが三人とも着物姿《すがた》だからだ。早着替《はやきが》えしたみたいになってるから、おどろいているのだ。

「いいから、早く電話してください！」

女の人がスマートフォンをいじりだしたのを見て、久子さんが、わたしと翔くんに声をかけてきた。

「行くわよ」

久子さんが、すたすたと歩きはじめる。

わたしと翔くんはアスファルトのうえに落ちている自分のランドセルを拾って背負《せお》うと、久子さんのあとを追いかけはじめた。

「久子さん、なんで逃《に》げるんですか？」

「わたしたち、あなたたちがタイムスリップした瞬間《しゅんかん》にもどってきたみたいなのね」

「はい、そうみたいです」

「わたしは、わたしがタイムスリップした瞬間にはもどれなかった。たぶん、あなたたちにつきあったかんじ？」

「そう、なりますね」

「あの女の人から見たら、男の子と女の子が、あの男に襲《おそ》われていたと思ったら、そこに、おとなの女がひとり増《ふ》えたんだから。それに……」

久子さんは、自分と、わたしたちが着ている着物を見た。

「これだものねえ」

そうか……そうだった……二十一世紀から着ていった服は、深川《ふかがわ》の長屋《ながや》の行李《こうり》のなかに置いてきてしまったのだ。

久子さんが言う。

「でも、よく、あの男に体当たりしたわね」

「だって、屍人に比べたら、こわくなかったんですもの」

「ぼくも」

翔くんもうなずく。

「でも、ここは、もう二十一世紀なんだから、これからは無理しちゃダメよ」

「はーい」

わたしと翔くんはうなずいた。

歩きながら、少しだまっていた久子さんが言った。

「わたし、大学をやめるわ」

「どうしてですか？」

「わたしが二十一世紀から持ちこんだ『ＬＩＭＩＴＡＴＩＯＮ　Ｑ』のせいで、あんなことになったんだもの」

「大学をやめて、どうするんですか？」

「うん。――赤ちゃんを助けるＮＰＯを立ち上げるわ。お珠《たま》ちゃんに罪《つみ》はなかったのに、屍人騒《さわ》ぎの原因《げんいん》にさせてしまったんだもの。反省したわ。――あなたたち、まっすぐ、お家に帰りなさい。でも、タイムスリップしたことは、だれにも言っちゃダメ。わたしたちだけの秘密《ひみつ》」

わたしと翔くんは、しっかりうなずいた。

交差点に出た。

みんなが、着物姿《すがた》のわたしたち三人のことを、見て見ぬふりをしながら、しっかり見てくる。

「わたしと翔くんは、こっちです」

「じゃあね」

久子さんは、すたすたと歩いていった。

ふたりきりになったところで、翔くんがわたしに言った。

「帰ったら、なんて言《い》い訳《わけ》する？」

「服のこと？　うーん、翔くんと遊んでいたら、泥《どろ》だらけになって、近くのおばあさんが見つけて着替えさせてくれた、って言うしかないかな」

「そ、そだね。ちょっと強引《ごういん》だけど」

＊

植村《うえむら》久子も、等々力陽奈《とどろきはるな》も、朝比奈《あさひな》翔も気づかないままだったが、三人といっしょに、由井正雷とその弟子、屍人たちと戦った大和田《おおわだ》半兵衛は、その後、どうしたか。

半兵衛は、その日の糧《かて》を得るために、もともと働いていた旅館の炊事場《すいじば》にもどった。

だがその旅館で、備中国《びっちゅうのくに》（岡山県の西部）の松山藩藩士《はんはんし》で江戸在住《ざいじゅう》の山鹿流《やまがりゅう》兵学者、平田篤穏《ひらたあつやす》の目にとまり、「養子にならないか」と誘《さそ》われた。

こののち、半兵衛は、名を平田篤胤《あつたね》と改め、江戸時代後期、多くの文化人に影響《えいきょう》を与《あた》える国学者となる。

四十七歳《さい》のとき、篤胤は『仙境異聞《せんきょういぶん》』なる書を刊行《かんこう》した。この書は、神かくしにあった寅吉《とらきち》という少年が、行方知れずになっているあいだに神仙界《しんせんかい》を訪《たず》ね、そこで天狗《てんぐ》たちから呪術《じゅじゅつ》を習ったという話を聞いてまとめたものとされている。だが寅吉という少年がほんとうにいたのだろうか。もしかしたら「神かくし」にあって江戸時代にタイムスリップした陽奈、翔、久子の存在《そんざい》が発想の原点になったのではないか。さらに彼《かれ》らともに屍人たちと戦った経験《けいけん》が、奇妙《きみょう》な話を収集《しゅうしゅう》するきっかけになったのだとしたら……信じるか信じないかは、あなたしだい。

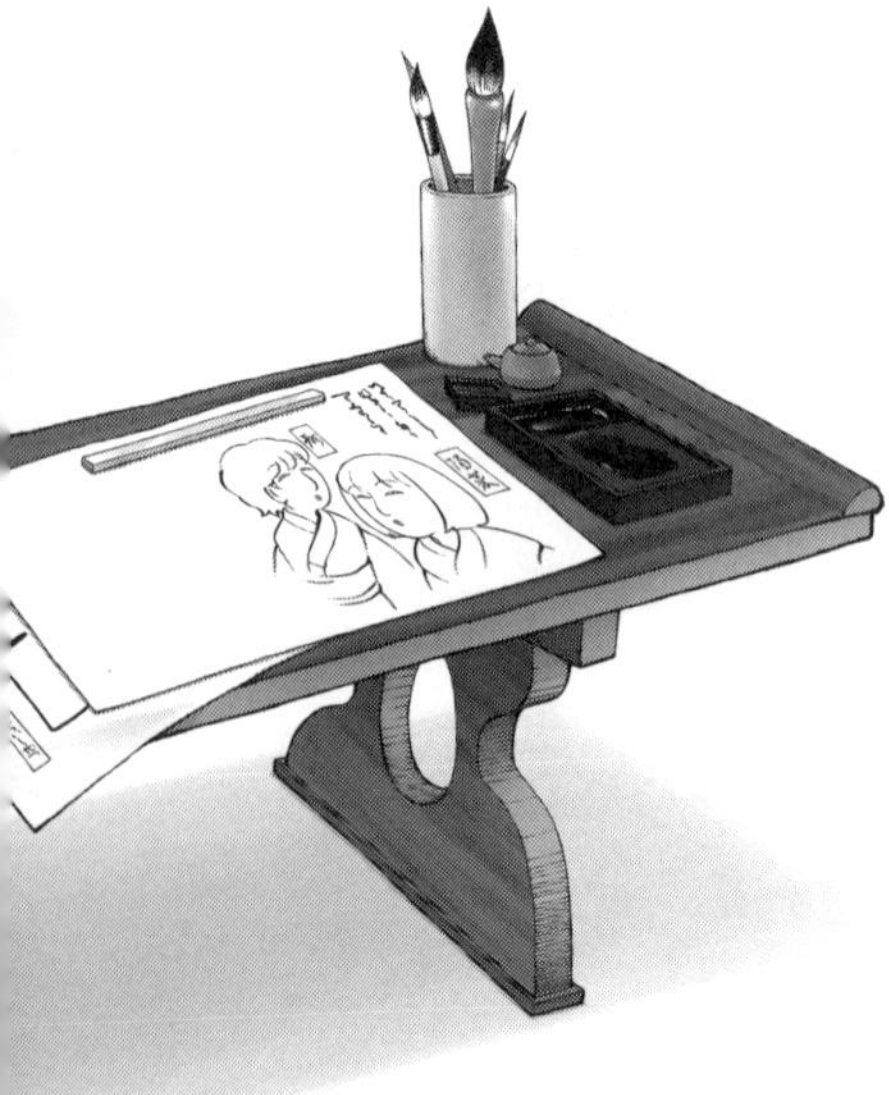

あとがき

親愛なる読者諸君《しょくん》。

『お江戸怪談時間旅行』、楽しんでいただけましたか？

「あとがき」から読む人もいるでしょうから、あまりくわしいことは書けませんが、カバーの絵を見ていただければ、だいたい、どんな話かわかりますかね……。

はい、ゾンビの話です！

じつはクスノキは、ゾンビ映画《えいが》が大好きなのです（そこの人、ひかないでください）。なかでも、2017年7月に亡《な》くなられた、「ゾンビ映画の第一人者」とされるジョージ・A・ロメロ監督《かんとく》の『ナイト・オブ・ザ・リビングデッド』をはじめとする作品が大好き。みなさんが想像するゾンビは、ロメロ監督《かんとく》が作り上げたものといっても過言《かごん》ではありません。とくに、のろのろ歩き、頭（脳）が弱点というのは、ロメロ監督が作り上げたものです。

クスノキ、いつか日本史のどこかの時代を舞台《ぶたい》にしたゾンビ小説を書きたいと思っていました。そのときには、ロメロ監督に敬意《けいい》を表し、のろのろ歩き、頭（脳）が弱点のゾンビを登場させたいと思っていました。

では、どうすれば、クスノキのオリジナリティを出せるか……。

そこはやはり「タイムスリップ」でしょう！　21世紀の女の子と男の子に過去に行ってもらって、ゾンビと会ってもらおう（本人たちはイヤかもしれないですけど）！

そして、タイムスリップの要素《ようそ》を入れる以上、ゾンビを生み出すきっかけは科学的なものにしなきゃ！

そしてそして、問題なのは、日本史上のどこにゾンビを出現《しゅつげん》させるか、です！

いろいろ悩《なや》みながら、ゾンビが歩きまわる景色を想像したときに目の前に広がったのが、「世界一の都市」だった江戸《えど》です。

そうだ、江戸にゾンビを出現《しゅつげん》させよう！

できれば、いきなりじゃなく、段階《だんかい》をふんでゾンビを増《ふ》やしていこう！　ゾンビを出現させる舞台《ぶたい》には、いまの東京湾《わん》にあった「人足寄場《にんそくよせば》」を選びました。どんなところか？　それは読んでのお楽しみってことで。

では、またお会いできる日を楽しみにしています。じゃ。

二〇一八年八月

楠木誠一郎

【著者】楠木誠一郎　くすのき・せいいちろう

福岡県生まれ。日本大学法学部卒業後、歴史雑誌編集者を経て作家となる。『十二階の柩』で小説デビュー。『名探偵夏目漱石の事件簿』で第8回日本文芸家クラブ大賞受賞。『坊っちゃんは名探偵！』からはじまるロングセラーシリーズ「タイムスリップ探偵団」や『馬琴先生、妖怪です！』など著書多数。

【画家】亜沙美　あさみ

イラストレーター、漫画家。挿絵を手がけた作品に、「若おかみは小学生！」シリーズ、「温泉アイドルは小学生」シリーズほか、『雷獣びりびり』など。

お江戸怪談時間旅行《おえどかいだんじかんりょこう》

2018年9月12日　初版発行

作者　楠木誠一郎
画家　亜沙美
発行者　松岡佑子
発行所　株式会社静山社
〒102-0073 東京都千代田区九段北1-15-15
電話　03-5210-7221
https://www.sayzansha.com
ブックデザイン　アルビレオ
印刷・製本　中央精版印刷
編集　荻原華林

ISBN 978-4-86389-458-7

馬琴先生、妖怪です！
お江戸怪談捕物帳
楠木誠一郎
亜沙美［絵］
静山社

紫式部の娘。
賢子《かたこ》がまいる！

篠 綾子 作　小倉マユコ 絵

母とは正反対の勝気な性格で、
恋に事件に大いそがし！

かの有名な紫式部の娘、賢子。宮中のいじめに悩まされた母とは正反対の、負けず嫌いで勝気な性格。中流階級の娘ながら、素敵な貴公子との大恋愛に野望を抱く、生意気盛りの14歳。さぁ、恋に事件に大騒ぎの宮仕え生活、はじまり、はじまり。

静山社

もののけ屋シリーズ

廣嶋玲子 作　東京モノノケ 絵

この男に出会えたあなたは
大ラッキー？　それとも……

悩める子供のもとにどこからともなくあらわれて、
不思議な力を貸してくれる、その男の名は……。

1　一度は会いたい妖怪変化
2　二丁目の卵屋にご用心
3　三度のめしより妖怪が好き
4　四階フロアは妖怪だらけ

静山社